조용한 학살

조용한 학살

ⓒ 이희천, 2025

초판 1쇄 발행 2025년 11월 11일

지은이   이희천
펴낸이   이기봉
편집   좋은땅 편집팀
펴낸곳   도서출판 좋은땅
주소   서울특별시 마포구 양화로12길 26 지월드빌딩 (서교동 395-7)
전화   02)374-8616~7
팩스   02)374-8614
이메일   gworldbook@naver.com
홈페이지   www.g-world.co.kr

ISBN   979-11-388-4849-7 (03810)

조용한
학살

이희천 소설

그날 우리는 죄인이었나?

좋은땅

우리 사회는 각자의 삶을 살아오면서 정치, 교육 사회의 모든 분야가 예전에 비해 지금은 훨씬 투명해졌고, 공정해졌다고들 한다.

사실일 수 있다.

그 어느 부분에서나 적어도 40, 50을 넘긴 대부분 사람들은 누구도 공감하지 않을 수는 없는 현실이고 이제 우리는 인정해야만 한다.

예전에 우리네 부모들은 자녀들이 학교나 취직으로 서울이나 객지로 가면 배웅하면서 꼭 하는 말이 있었다. 이것저것 당부하면서 마지막으로는 '눈뜨고 있어도 코 베어 가는 세상이니, 항상 조심하여라.'는 당부의 말이었다. 특히 서울로 갈 때는 어김이 없었다.

그런데 지금의 젊은 세대들이 부모의 그런 말들을 들어 본적이 많지 않다는 현실이 그것을 대변하고 있기 때문일 것이다.

하지만 아직도 우리 사회의 곳곳에서 부정부패가 시궁창의 악취처럼 역겨워 내 위장은 구토를 하고 싶은 한없는 욕망에, 아이 밴 임산부처럼 사정없이 헛구역질을 하고 있다.

마치 인터넷 속의 해킹과 컴퓨터 속의 바이러스가 침투하여 그간 쌓아 왔던 나의 소중한 자료와 정보들이 도난당하여 봄날의 파랑새처럼 날아가는 현실 말이다.

뛰는 놈 위에 나는 놈 있어, 돈을 목적으로 한 전세사기나 보이스 피싱 피해사건들이 잊을 만하면 어김없이 오후 9시 메인뉴스로 심심치 않게 등장하는 것처럼.

오늘 같은 민주주의 사회 앞에서는 모두가 정의와 공정을 한목소리로 외치면서도 뒤돌아서서는 입술의 침이 채 마르기도 전 푸른빛 감도는 서슬 퍼런 낫질로 베어 버리고 있는 실정이다.

그렇다면, 그러한 정의와 공정의 가치를 가장 소중히 가꾸고, 지켜 가야 할 우리들이 믿고, 믿어야 할, 믿을 수밖에 없는 학교에서는 사전의 뜻처럼, 처음으로 사회를 접하는 어린아이들의 수정 같은 맑은 눈망울처럼 곱게 자라고 있는 것일까?

한심하고도 슬픈 일이다.

내 눈앞에서 아프다는 한마디 말도 못하고 하늘로 먼저 가는 자식을 바라보는 부모의 마음이다.

그래서 나는 고발한다.

부정부패를 일삼으면서도 버젓이 잘살고 있는 조용한 학살자들을.

국민을 위한 봉사자라면서 오롯이 자신들만의 권력과 부를 축적하는 학살자.

소설『조용한 학살』은 언제, 어디서든 일어날 수 있는 우리 사회의 가상현실을 썼다.

오랜 후배는 몇 년 전 교사발령을 받은 학교에서 아침 7시에 출근해 새벽 1시에(차로 10분 거리) 집으로 온다고 했다. 방학과 토요일이 거의 없었다. 지금은 좀 나아졌으려나?

어떤 이는 교사이면서 학교 사주를 받은 당사자들로부터 소송과 민원을 몇 번씩이나 당해서 담당했던 변호사들조차도 웃고 말았다고 했다. 가장 청정해야 할 학교에서 어떻게 이런 일이 있다니 놀라울 따름이라고.

『조용한 학살』은『낙타의 노래』, 『너를 본 한 순간』에 이어 세 번째로 쓴 장편소설이다.

이 글이 빛을 보게 됐을 때까지 끊임없이 내게 소설적 영감을 주고 빚쟁이처럼 격려와 출판독촉을 하면서 언제나 응원의 목소리가 우렁차고 깊었던 장성욱·신은아 부부와 서형선·정창호·윤범식에게 먼저 감사의 말을 꼭 전하고 싶다.

함께 인생을 노래하면서 내 삶의 존재가치를 있게 해 주는 경찰시험 범죄학 교수 박상민, 대한항공 부기장 김성진, 변호사 이익현 등의 고마움을 잊기에는 인간으로 살기를 거부할 내 모습일 것이다.

또한 아낌없이 인생의 리더가 되어 좋은 격려와 재미난 추억으로 소설의 재미를 한껏 더해 준 정기동 형, 언제 어디서나 소설가 친구라고 치켜세우던 최병우, 이만호와 열정쟁이로 60 나이의 간호과 학생 이정순에게 오늘에서야 그 고마움을 전한다.

그리고 내가 최전방 복무할 때, 어머니를 홀로 찾아 위로한 최석현, 내 삶이 절망적이었을 때, 졸업여행을 함께 가자며 아픈 마음을 달래 주었던 정진규의 한없는 고마움도 있었다.

마지막까지 교정과 충고를 아낌없이 해 준 잔소리꾼 아들 상현, 표지디자인을 도와준 오산집현전 장현 사장과 남수진, 미술작가 서이서에게도 그 고마움을 전하고 싶다.

목 차

제1장

죽음보다 무서운 음모

운명의 장난은 아무도 못 피해 간다.

"야들아, 이제 졸업 날도 다 됐는데, 내가 졸업선물로 치킨을 쏘겠다. 어때?"

담임교사의 말에 아이들은 와 하며 손을 흔들고 박수를 쳤던 교실은 그야말로 아수라장이 되었다.

그러함도 잠시 가끔은 괴짜로 알려진 반장 아이가 벌떡 일어섰다.

교실 분위기가 한순간 얼음골이 되면서 모두가 숨죽인 채 눈과 귀는 그를 향하고 있었다.

"선생님! 치킨도 좋지만, 우리는 저- 콘돔이 더 좋습니다."

순간 움켜진 어부의 억센 손아귀에서 탈출하려 온몸으로 요동치는 큰 장어처럼 열여덟의 혈기 왕성한 아이들은 괴성을 지르며 박수를 쳤고, 책상은 숨이 넘어가도록 두들겨 맞았다.

"허, 참."

담임은 철판 같은 근엄함을 유지하려고 어금니를 꼭 물며

조용한 학살

애써 참으려던 웃음이 결국은 한꺼번에 터져 나온 탓에 사례가 들려 그칠 기미가 보이지 않는 재치기로 얼굴이 벌겋게 달아올랐다.

"선생님, 이것…."

선생님의 모습을 본 반장은 어느 틈엔가 물 한 잔을 재빨리 내밀었다.

"응, 고마워."

담임은 어렵게 물을 한 모금 마시면서도 여전히 멈추어지지 않는 사례를 진정시키느라 한 손으로 가슴을 치면서도 웃고 있었다.

반장은 선생님의 사례가 자기 때문인 듯 뒷머리를 긁적거리며 자기 자리에 앉았다.

"그래, 내가 졸업선물로 치킨은 미리 사 주고 콘돔은 생각해 보마. 그러면 됐지? 대신 이건 국가기밀 1급에 해당하는 영업비밀이다.

행여나 다른 반에 소문나서 다른 선생님께 알려지면 난 교장선생님께 불려가 혼쭐 나고 선물은 모두 무효가 되는 것쯤은 알겠지?"

"네, 알겠습니다!"

아이들은 선생님을 향하여 손바닥이 얼얼하도록 다시금

물개박수를 쳤다.

그때, 어둠 속에서 새벽을 깨우는 수탉의 울음처럼 점심시간을 알리는 4교시 종료 차임벨에서 베토벤의 전원 교향곡이 울려 퍼졌다.

이제 막 구속의 마장을 뛰쳐나와 다시 자유의 들판을 질주하는 말발굽 소리처럼 아이들의 뛰는 발자국 소리와 함성이 교실 유리창도 박살낼 기세였다.

비바람의 폭풍이 경주마가 되어 그라운드를 질주하듯 하루 중 이때를 오래도록 기다렸던 그들은 주위의 누구보다도 밥을 먼저 먹겠다는 일념에 식당으로 내달렸다.

식당 안이다.

벌써 방앗간 위의 전깃줄에 일렬로 앉아 언제 떨어질지도 모르는 볍씨에 군침을 흘리는 참새들 소리만큼이나 시끌벅적 요란스러웠다.

성욱은 학교의 구내식당에서 맛있는 음식에도 어쩔 수 없이 한 끼를 때운다는 의무감으로 평소처럼 점심을 챙겨 먹었다.

그리고는 한 자락의 여유로움과 디자인의 아름다움이란 병아리 눈물만큼도 없이 마치 교도소의 높다란 담벼락 같은 파티션으로 가려진 책상이 늘어선 교무실로 들어왔다.

성욱은 자신의 의자에 앉았다.

식사를 하러 갈 때까지만 해도 없었던 책상 위에는 빨간 도장이 문신처럼 흉측하게 찍힌 우편물의 편지봉투가 놓여 있었다.

그는 화장실로 양치하러 가야 한다는 생각도 잊은 채 조바심 나는 궁금증으로 봉투를 뜯었다.

1/4로 반듯하게 접혀 있는 A4용지를 펴 보았다.

적혀 있는 문구가 매처럼 눈을 흘겼다.

순간적으로 굳어진 몸과 마음에 용지를 들고 있던 손이 부르르 떨렸다.

누구나 긴장되면 그러하였다.

소똥 같은 역겨운 냄새가 입안에서 튕겨 나오듯 분노가 치밀었다.

그는 담당자를 만나기 위하여 차를 주차장에 세웠다.

시계를 보니 아직 약속된 시간까지는 여유가 있었다.

이런 곳은 살아가는 동안 한 번이라도 오지 않았으면 좋았을 뻔했다.

처음이었다.

그는 긴장을 풀려는 듯, 아직은 소변을 보아야 할 느낌이 오지 않았음에도 화장실로 향했다.

구토로 위 속에 남아 있는 마지막 음식물을 핏물이 배일 때까지 쥐어 짜내려는 듯 방광에 조금이라도 남아 있을 마지막 소변을 토해 냈다.

그는 손을 씻고는 긴 숨을 두어 번 깊게 들이마시고는 다시 내쉼을 반복했다.

퇴근 이후의 시간이라 그런지 이곳마저도 사무실에는 적막이 흘렀다.

그가 찾고자 하는 사람은 어둠이 내려앉아 밖의 불빛이 스며들기 좋은 창가 쪽에 앉아 있었다.

그는 컴퓨터를 집어삼킬 듯 업무에 열중하고 있는 사람에게 다가갔다.

그러고는 들으라는 듯이 살짝 헛기침을 하고는 쳐다보는 그를 향해 재빨리 고개를 숙이며 인사를 했다.

"안녕하서요? 장성욱입니다."

그는 기다리고 있었다는 듯 성욱을 바라보았다.

날카로운 안경테와 렌즈 속에 비친 그의 눈은 예리함을 더해 사납기까지 했다.

"아, 제시간에 오셨군요?

우편서류를 보고 놀라셨겠네요?"

그는 와이셔츠 옷소매에 숨어 있는 시계를 확인하면서 그의 얼굴을 보았다.

"네, 놀랬습니다.

하도 어처구니없는 일인지라."

그는 하던 말을 채 잇지 못하고 말끝을 흐렸다.

"그러셨군요.

지금부터는 제가 하는 질문에 사실대로 말씀해 주십시오.

모르는 것은 모른다고 정확한 의사표시를 하셔야 합니다."

"네, 잘 알겠습니다."

성욱은 그의 질문을 받기도 전에 벌써 입안이 화끈거리면서 입술이 말려들어가는 느낌을 받았다.

정말로 그가 저지른 끔찍한 일이었다면 설령 많은 세월이 지났어도 죽을 때까지 그 기억을 가슴에 묻고 사는 것이 인간의 심리였다.

하물며 3년이 지난 지금 아무리 생각을 해 보아도 그런 일은 기억조차 없었다.

그럼에도 불구하고 그는 마치 서류 속에 적혔던 그런 일을 저지른 죄인이라도 된 듯이 벌써부터 주눅이 들어 있었다.

그런 모습을 본 상대방은 아까와는 달리 성욱의 의사를 묻지도 않은 채, 자리에서 일어나더니 성큼성큼 정수기 앞으로 갔다.

그리고는 물 한 잔을 들고 와 그에게 내밀었다.

"선생님, 많이 긴장하고 있으신 것 같아요."

"아, 감사합니다."

성욱은 물을 한 모금 마셨다.

"그럼 시작하겠습니다."

"장성욱 선생님 되십니까?"

"네."

"그 서류에 적힌 대로 가해자라는 것을 인정하십니까?"

"아니요, 인정하지 않습니다."

"고소인은 선생님이 해야 할 성추행 행위의 신고도 하지 않은 채, 오히려 숨기고 방관을 함으로써 성추행의 2차 가담을 포함한 폭행행위 가해자로 명시되었습니다.

그러면서 그 피해자가 내민 서류마저 피해자에게 내동댕이쳤다는데, 정말 그런 기억이 없으십니까?"

"네, 우리가 3년 전의 일상적인 사실은 기억을 못 해도 만약, 그런 큰일을 겪었다면 가해자든 피해자든 상관없이 누구라도 분명한 기억을 했겠죠.

그리고 그때의 성추행 과정의 일들은 학교 인사위원회 회의를 거쳐 법인 징계위원회로 올라간 직후 쌍방 간의 합의로 마무리되었습니다.

때문에 제가 왈가왈부할 일은 아니었습니다.

조용한 학살

서류도 마찬가지입니다. 지금이 어떤 시대인데 아직도 그런 일이 벌어졌을까요?

그리고 그런 일은 제 성격상 감히 하지도 못하고요.

그래도 만약 정신 나가서 그런 짓을 했다면, 아차 싶어 그 당시에 반드시 사과를 했겠죠?

치매가 아닌 다음에야 3년밖에 안 된 그런 일을 잊을 턱이 있겠습니까?

만약 있었다면 지금도 분명 기억하고 있을 겁니다.

대부분의 사람들이 어떤 특별한 경험을 했을 때는 그것을 잊으려 해도 잊히지 않는 것이 인간의 심리적 본능 아닌가요?

그런데 저는 지금 그런 기억이 전혀 없습니다."

성욱은 말을 하면서도 피가 흐르지 못하는 꽉 막힌 혈관처럼 답답해했다.

이것저것을 물으며 컴퓨터로 질문지를 작성하던 형사는 시작할 때는 부드러워졌다가도 질문과 답변이 일치하지 않을 때에는 서로의 언성이 높아져 목소리가 엉키기까지 했다.

"그럼 조민시 씨는 있지도 않은 사실을 두 명의 목격자를 통하여 그것도 3년 전의 일로 왜 고소를 했다고 생각하십니까?"

"글쎄요? 저도 그동안 그녀와 같은 동료로서 좋은 관계를 유지하고 있었지요.

아직도 카톡의 기록이 남아 있습니다.

그런데 있지도 않을뿐더러 상상 못 할 일을 당하고 보니, 그녀가 왜 그래야만 했는지 저 자신도 그 목적이 참으로 궁금합니다.

이런 경험은 오히려 형사님이 더 많이 알 터이니, 제게 그 궁금증을 좀 풀어 주시죠."

형사는 물끄러미 성욱을 한 번 쳐다보고는 말이 없었다.

성욱은 그런 그를 쳐다보았다.

"그리고 한 가지 질문이 있습니다."

"무엇입니까?"

"우리나라 형사소송의 원칙은 증거재판주의에 의해서 범죄의 혐의를 입증하는 것 아닌가요?

그런데 단지 복수의 목격자가 있다 하여, 하지도 않은 일로 증거도 없이 이미 범인으로 낙인을 찍어 몰아붙이는 것은 좀 문제가 있지 않습니까?"

"범죄현장에서의 사건이라면 선생님의 말씀이 맞습니다.

하지만 이 사건의 경우는 고소사건인 만큼 만약 서로의 의견이 상반된다면 법정에서 다툼이 가려지겠죠."

"그럼, 제 입장에서 보면 그들이 왜 있지도 않은 일을 꾸며서 제게 그런 프레임을 씌우는지 그것 역시도 형사님이 밝혀

조용한 학살

내야 하지 않을까요?"

성욱은 의미심장하게 무언의 압박을 가했다.

"글쎄요, 그것은 일단 선생님께서 무죄로 밝혀진 이후의 일이 되겠지요."

"잘 알겠습니다."

성욱은 1시간 동안의 조사를 받았지만 실제상으로 주고받은 사실의 확인이 없었다.

때문에 서로의 질문과 답변은 계속 시동이 걸린 채 앞으로 가지 못하고 물구덩이에 나자빠져 버린 자동차의 헛바퀴처럼 돌고 있었다.

그것은 답은 없는데 답을 찾는 지루한 게임 같았다.

아니, 이미 답이 나올 사실은 존재하지 않는데, 답이 있을 턱이 없는 게 맞아보였다.

조사를 했던 형사는 문답지를 모두 작성했다.

성욱으로 하여금 질문과 답변을 했던 내용과 작성한 문서에 다름이 있는지를 확인케 했다.

성욱은 형사가 작성한 진술서의 내용을 모두 읽어 보았다. 그러고는 자신에게 불리할 수 있거나 틀린 부분을 고쳐 달라 했다. 다시 수정된 것을 확인하고는 비로소 형사가 시키는 대로 지문을 찍었다.

하얀 백지 위에 양귀비꽃잎처럼 찍힌 붉은 지문은 서로를 믿지 못하는 인간들이 만든 것임에도 마치 인간들을 조롱이라도 하려는 듯 흉측스런 문양을 하고 있었다.

며칠 후, 그는 그 사건이 검찰에 송치되었다는 내용과 검찰 출두 일자를 알려 주는 새로운 우편이 집으로 배달된 것을 확인했다.

성욱의 아내인 은아도 처음에는 화들짝 놀라서 무슨 일인지를 꼬치꼬치 캐물었다. 하지만 지금은 그런 우편이 심심치 않게 오다 보니, 이제는 오면 오나 보다 하며 심드렁했다.

성욱은 출두일에 변호사를 대동하고 검사실로 들어갔다.

"장성욱 씨 되십니까?"

"네, 제가 장성욱입니다."

"고소장과 경찰에서 장 선생님에 대한 조사한 내용을 모두 읽었습니다.

그리고 변호인 의견서도 잘 읽어 보았습니다.

선생님께서는 고소인의 성추행에 따른 사건을 묵인한 것과 가해자를 두둔한 것에 따른 2차 가해 혐의와 아울러 결재 서류를 집어던진 폭행사건에 대한 목격자 진술 모두 인정 못하신다는 입장이십니까?"

"네, 저는 당사자들이 노래방에서 포용하고 키스한 사건에

조용한 학살

대하여 어느 한쪽의 강압에 의한 강제였는지를 알 수도 없었습니다.

더구나 그날의 일을 경찰서의 진행과는 별개로 학교 인사위원회를 개최하는 등의 성폭력 매뉴얼대로 진행을 하였을 뿐입니다.

그런데 그것이 왜 적극적 대응과 보호를 하지 않았다는 식의 2차 가해인지는 법의 전문가가 아닌 저로서는 이해되지 않는 대목입니다."

"그것은 당사자 서로의 시각에 따라 다르며 고소인은 선생님이 관리자의 위치에 있으면서 자신을 보호조치 하지 않았을 뿐 아니라, 오히려 그 일이 있은 후에 서류를 피해자에게 집어던졌다는 문제로 자신을 매우 편파적으로 대했답니다.

그러면서 서류를 집어던진 것을 목격한 사람이 두 사람이나 된다는 주장입니다."

"그 일이 사실이었고 문제가 있었다면 그 당시에 고소를 했어야 맞는 거 아닙니까?

그런데 3년이 지난 지금에서야 한다는 것은 상대방이 무슨 의도를 가지지 않고서야 이런 일로 지금 고소를 할 수 있습니까?

여하튼 저는 이 부분에 대한 그들의 의견에 동의를 할 수 없습니다."

"그렇다면 이제는 서로 법정에서 다투어지겠지요.

참고로 강제성추행의 공소시효는 사건인지 후 3년까지이
기 때문에 선생님이 묻는 질문에 답변이 되었기를 바랍니다."

검사는 매스컴으로부터 보고 들은, 우리가 가지고 있었던
선입견과는 사뭇 다르게 정중하고도 공손히 의사를 표현하
고 물었다. 하지만 그럼에도 딱딱한 직업적 이미지는 속일
수가 없었다.

"또 하실 말씀은 없으신지요?"

"네, 저는 변호인 의견서대로 그런 사실이 전혀 없을뿐더
러 고소인에게는 그녀에 대한 학생과 학부모로부터 들어 온
민원의 해결 등, 오히려 이런저런 활동들을 더 잘할 수 있도
록 챙겨 주었습니다.

그 당시 그녀의 고맙다는 마음을 담아 보냈던 문자가 아직
도 제 휴대폰에 남아 있습니다.

그런데도 어찌된 영문인지 모르겠습니다."

성욱이 말을 마치고는 지금 이게 무슨 일인가 싶어 어이없
다는 듯 긴 한숨을 내쉬었다.

"선생님 말씀이 사실이라면 병주고 약준다는 속담처럼 정
말 억울하시겠네요. 그렇더라도 지금 시점에서 잘못했다고

반성하신다면 약식기소로 30-50만 원의 벌금 정도로 끝날 수 있습니다. 하지만 정식 재판으로 갈 경우 그 결과가 어떻게 나올지는 아무도 장담할 수가 없습니다."

"그럼 검사님이시라면 어떻게 하시겠습니까?"

"저는 억울하지만 그냥 잘못을 시인하고 벌금을 내겠습니다."

"어떻게 하시겠습니까?"

검사의 말을 듣고 성욱은 변호사를 힐끔 보았으나 그는 말이 없었다.

수임료까지 받아 챙겼음에도 당신이 알아서 결정하라는 야박하고도 어이없는 눈빛인 것만 같았다.

성욱은 그간의 마음고생으로 그냥 이 자리에서 끝내고 싶었다.

하지만 아직도 마음이 부글부글 끓는 억울함을 삭이지 못한 채, 재판의 결과가 어떻게 나오든, 반드시 자신을 모함한 그들에게 올바른 정의가 무엇인지를 가르쳐 주고 싶었다.

그 일은 성욱의 약식재판 거부에 의해 정식재판으로 이어지게 되었다.

소송을 담당하던 변호사가 자신은 형사소송에 대해서는 변론을 많이 해 본 경험이 없다고 했다.

때문에 검사 생활을 하다 변호사 개업을 한, 일명 전관예우의 좀 비싼 변호사를 영입하라는 이야기였다.

성욱은 그 말에 되묻지도, 대답도 하지 않았다.

그럴 경우, 얼마의 비용이 더 들지도 모를 일이었다.

또한 승소할 수 있을 확률이 몇 퍼센트가 될지도 의문이었기 때문이었다.

좋은 일은 일생에 한두 번 있을까 말까 하여도 안 좋은 일은 꼬리에 꼬리를 물고 터지는 법이라고 했다.

어른들은 그것을 두고 당신의 사주에 삼재가 들었다고들 했다. 그래서 사람들은 그런 삼재를 피하려 굿 잔치를 하면서 액운을 피하려고도 한다.

그런데 그것이 어디 인간 맘대로 되는 일이었을까?

얼마 전의 일이었다.

딸 리아가 다니던 학교의 학생부장으로부터 성욱에게 전화가 왔다.

학교 뒤 골목에서 리아가 한 친구를 대동하고는 같은 반 아이를 무릎 꿇린 채 따귀를 한 차례 때려서 학교폭력위원회가 개최될 예정이라고 했다.

성욱은 리아가 다니는 학교의 부장교사가 알려 준 학교폭력위원회의 날짜에 참석을 하겠다고 답변을 하였다.

조용한 학살

그는 퇴근을 하자마자 집으로 와서는 아이가 학교에서 오기만을 기다렸다.

어둠이 달을 집어삼켰는지 거리는 앞사람도 바로 분간키 어려울 정도로 보이지 않았다.

일정한 간격을 두고 불을 밝히는 가로등만이 허연 입김을 쉼 없이 뿜어대며 그의 소명을 다하고 있었다.

그러면서 뼛속 시린 바람은 보이지 않는 비수가 되어 딸을 걱정하는 성욱의 가슴을 파고들었다.

저만치 맞은편에서 딸 리아가 무거운 가방에 짓눌린 채 힘 없이 터벅거리는 발걸음으로 오고 있었다.

"우리 딸, 이제 오니?"

그는 밝은 웃음으로 딸을 보았다.

"네, 아빠."

아이의 말끝은 누렇게 변한 가녀린 풀잎이 겨울을 맞이하려는 것처럼 힘도 없이 풀죽어 있었다.

그래도 성욱을 보면 먼저 말을 걸며 생글거리던 아이가 오늘은 왜 그런지 알고 있었기에 묻지 않았다.

그녀는 엄마의 이목구비를 닮은 큰 키에 성욱을 빼닮듯 짙은 눈썹에 유난히 맑고도 검은 눈동자를 지닌 한마디로 부모의 장점만을 쏙 빼닮은 그런 아이었다.

그런 데다 성품마저 착하면서도 아이답지 않은 애늙은이의 어른스러움으로 자식 자랑이란 그녀를 두고 하는 말 같았다.

성욱은 앞에 서 있는 아이를 기다렸다는 듯이 꼭 안아 주었다.

그의 무릎에서 언제나 재롱을 부릴 것만 같았던 아이가 어느새 저렇게 컸나 싶을 정도로 이미 숙녀처럼 커 버린 아이가 그의 가슴에 안겨 사슴의 울음을 서럽게 들려주었다.

"괜찮아. 걱정하지 마.

리아야, 아빠가 있잖아."

아마도 아이는 보호자인 성욱에게 학교에서 전화했다는 소리를 들어서 알고 있었던 모양이었다.

그는 아이의 등짝에 늙은 낙타의 혹처럼 붙어 있는 무거운 가방을 받아 어깨에 메고는 망부석이 되어 버린 아이 등을 쓰다듬어 주었다.

그는 아이와 함께 집으로 와서는 마주 앉았다.

"어쩌다가 그랬니?"

아이의 눈에서 수정 같은 슬픈 눈물이 굴러 떨어지고 있었다.

"그 아이가 저한테 임신했다고 해서요."

"뭐?"

성욱은 하마터면 큰 소리를 지를 뻔했다.

조용한 학살

"네가 안 했으면 됐지.

그래도 학생인 네게 있을 수도 없는 심한 말을 했구나."

"네, 그 거짓말을 우리 반뿐만 아니라, 다른 아이들까지 이미 알고 있었어요.

심지어 제 친구들까지 제게 손가락질의 비난을 퍼붓는 것처럼 저를 향해 쳐다보는 눈빛도 예사롭지 않았고요.

또 여기저기서 그들이 수군거리는 소리에 화가 나기도 했고 창피했어요.

그래서 걜 죽이고도 싶었어요."

"발 없는 거짓말이 천 리를 갔구나. 그런데 그 애가 왜 네게 그런 험담을 했어?"

성욱은 그것이 무엇보다도 궁금했다.

"우연히 화장실 세면대 옆에서 손을 씻다 그 아이한테 물이 좀 튀었나 봐요.

신경질을 부려서 바로 사과를 했어요.

그러고는 같이 있던 친구와 이야기 중에 그 친구가 생리를 안 한다고 말했는데,

그 아이는 제 이야기인 줄로 들은 것 같아요.

그래서 소문이 났는데, 소문을 낸 아이를 막상 찾고 보니, 세면대에서 보았던 바로 그 아이였어요.

거짓말한 것에 대해 사과하라고 말했는데, 오히려 계속 욕을 하고 그래서요."

"그래도 아빠가 남한테 욕하거나 폭력을 쓰면 안 된다고 말하지 않았니?"

"알고는 있었지만 재차 임신하지 않았다고 말했어요.

그런데다 약까지 올려 등을 칠 즈음에 걔 다리가 어떻게 꼬였는지 스스로 바닥에 주저앉으며 고개를 돌려서 그만 얼굴을 맞았어요.

죄송해요, 아빠. 걱정을 끼쳐 드려서요."

"그런 일 있었으면 선생님께 먼저 자세히 말씀을 드리지 그랬니?"

"선생님께 그렇게 말씀드렸어요.

그래도 맞은 사람이 있으니, 때린 것은 때린 거래요.

학교는 제가 임신했다는 거짓말을 한 상대 학생의 모함은 대수롭지 않게 여기고 조사도 하지 않은 것이 너무 분했어요."

그러면서 아이는 분함을 이기지 못한 듯 엉엉 소리 내어 울면서 눈에서는 영롱한 물빛이 볼을 타고 흘러내렸다.

성욱은 아이 앞에서 애써 참으려 했던 한숨이 자신도 모르게 툭 터져 나왔다.

"넌 걱정 마라. 아빠가 위원회에 참석해서 잘 말해 보마."

그는 아이를 가슴에 안으며 토닥여 주었다.

그런데 위원회가 열리기 전 경찰서에서 리아의 폭행신고가 접수되었으니 출두하라는 연락이 왔다.

성욱은 아이가 처음으로 경찰서에 가는 일이라 자칫하면 마음의 상처를 더 심하게 받을 수도 있다는 생각에 리아를 불러 마주 앉았다.

"아가, 아마도 그쪽에서 너를 경찰서에 폭행죄로 고소를 한 것 같아. 경찰서에서 학교폭력위원회가 열린 후에 나오라는 연락이 왔네."

성욱은 리아가 어차피 알게 될 일이지만 그래도 아이가 받을 정신적 충격을 최소화하려고 매우 조심스러웠다.

"아빠, 그럼 경찰서 가면 어떻게 되죠?"

"걱정 마라. 네가 겪었던 일을 있는 그대로 이야기하면 돼. 그날은 네가 미성년자니까 나하고 같이 가면 되고."

"그런 후, 나 감옥에 가는 거, 아님 벌금을 내는 거야?"

리아의 눈에서 눈물이 소리 없이 흘러내렸고 목소리는 몹시도 떨렸다.

옆에서 잠자코 듣고만 있던 은아는 말없이 딸을 안고는 같이 눈물을 흘리면서도 아이의 눈물을 닦아 주었다.

"따귀를 때린 것이 폭행죄에 해당하지만 너는 고의가 아니니까 벌금이 많이 나와야 몇 십만 원만 내면 된다고 하니 괜찮아.

우리도 그 아이가 거짓말한 걸 명예훼손죄로 고소할 거니까 너무 걱정 안 해도 된다."

성욱은 리아를 부르기 전에 이미 그 일에 대해서 이것저것을 알아보았다.

아무런 대응방법을 모르는 상태에서 말을 하면 안 그래도 의기소침해 있는 딸이 극단의 무슨 생각을 할지는 아무도 모를 일이었다.

리아는 비록 자신이 벌인 일로 경찰서 연락이 왔다는 것에 당황은 했지만 이내 성욱의 말을 듣고는 더 이상의 말은 없었다.

그날 밤 리아의 온몸은 불덩이가 되어 뒤척였고, 은아는 밤새 아이의 이마에 물수건을 올려 주면서 자신도 모르게 서러운 눈물이 주르르 흘러내렸다.

아이가 고등학교를 다니기에 갓난아이 기저귀 채울 때를 생각하면 다 키웠다 싶었는데 생각지도 않은 이런 일이 터지고 보니 아이 하나 키우는 데 이리도 힘이 드나 싶은 자책의 눈물이었다.

조용한 학살

옆에서 지켜보던 성욱도 말없이 은아를 안으며 눈물을 닦아 주었다.

다행히도 리아의 불덩이 같은 몸은 정상으로 되돌아오면서 잠이 들었다.

학교에서 학교폭력위원회가 열렸다.

"리아 학생의 보호자 되십니까?"

"예, 제가 학생의 아버지 장성욱입니다."

"등기 내용에 적힌 대로 자녀가 피해자의 얼굴을 때려서 이 위원회가 열렸는데, 여기 적혀 있는 사실 맞습니까?"

"네, 맞습니다.

맞은 아이와 그 보호자에게 일단 마음의 상처를 입힌 부분에 대해서는 정말 미안하게 생각합니다.

또한 학교에도 이 문제를 일으킨 부분에 대해서 죄송합니다.

하지만 저는 우리 아이가 폭력의 가해자라는 이 내용에는 전적으로 동의하지 않습니다.

왜냐하면 학교 측에서 피해자라고 판단되는 쪽의 의견만 가지고 처분을 내리신 것 같습니다.

제 아이가 피해를 입은 부분은 전혀 언급이 없습니다. 그렇지 않습니까?"

"그럼 학교폭력 혐의를 인정하지 않으신다는 것인가요?"

학생부장이 거북하다는 듯 말했다.

"인정 못 하겠다는 게 아닙니다. 단지 이 진술서를 보면 제 아이도 가해자이면서 피해자입니다.

상대 쪽 아이도 역시 피해자인 동시에 가해자입니다.

그런 측면에서 이 사건은 문제가 왜 생겼고, 어떤 과정을 거쳐서 이런 결과가 됐는지를 너무나 소홀히 하신 것 같습니다."

"학폭 신고자 측에서 진단서를 첨부하여 신고서를 제출하셨습니다."

그러면서 학생부장은 진단서 사본을 그 앞에 내밀었다.

성욱이 진단서를 살펴보니 단순 타박에 2주 진단이었다.

"대개 신고한 내용대로 보면 따귀를 맞았을 때 맞은 손자국이 있거나 얼굴이 부은 사진이 있어야 할 텐데 여긴 없습니다.

그렇다면 이건 그때 상황에 아이가 아프다는 정황만을 확인한 진단서가 아닙니까?"

성욱은 따지듯 말했다.

"어쨌든 제 아이가 맞은 것은 분명하지 않습니까?"

"네, 비록 한 대이지만 그것이 실수라 하더라도 때리고 맞은 것은 분명히 맞습니다.

그런데 피해자인 그 아이가 우리 아이에게 있지도 않은 임신 사실을 친구들에게 거짓말을 퍼뜨려 많은 학생들이 알고 있었습니다.

그쪽 부모님과 학교 측에서 알고는 있었습니까?

아니면 이런 상황을 알면서도 무시하셨습니까?"

성욱은 격한 감정에 손이 부들부들 떨렸다.

"네, 알고는 있었지만 리아가 강력하게 이의 제기를 하지 않기에 대수롭지 않다고 넘겼습니다."

피해 학생의 아버지는 말이 없었지만 학생부장은 심드렁하게 대답했다.

"그럼 학생이 미성년자이니까 이런 위원회가 열리기 전에 보호자인 제게라도 사실 확인과 의향을 물어보셨어야죠. 설사 제가 보지 않았어도 학교, 더군다나 학생과는 이런 일에는 전문성이 있으니 어느 한 쪽이든 편파성이 있으면 안 되는 거 아닙니까?

그리고 학생이 임신했다고 거짓말을 해서 리아의 명예를 훼손시킨 것 역시 폭력 아닙니까?

그렇다면 그 부분 역시 폭력 사항으로 조사를 하셨어야죠.

이 부분에는 전혀 언급이 없지 않습니까?"

"그렇다 하더라도 피해자는 일방폭행을 당했고, 함께 서 있던 친구와 리아는 피해자에게 집단폭행을 했습니다."

학생부장의 말이었다.

"같이 서 있던 아이는 리아가 임신한 것이 아니란 것을 피해자에게 말해 주기 위해서 함께 있었습니다.

그런데 학교와 피해자 측에서는 함께 있었다는 그 사실만으로 집단폭행이라는 거죠?"

"네, 맞습니다."

"그럼 같이는 있었지만 피해자에게 위협을 가했다거나 위협을 받은 사실이 이 진술서에는 없지 않습니까?"

학생부장은 열심히 진술서를 보는 듯 했지만 그 부분에서는 대응을 하지 못했다.

"그렇다면 단순히 서 있기만 했다는 것이 증명되었습니다.

그렇다면 집단폭행이라는 조사 자체에 문제가 있다고 봅니다.

그래서 결국 법적용 자체도 잘못되었습니다. 그렇지 않습니까?"

성욱의 말에 위원장인 교감과 학생부장의 얼굴이 상기되었다.

"그렇더라도 리아는 상해폭력이고 피해자는 단순한 언어상의 거짓말입니다."

학생부장의 반격이었다.

"그럼 제 아이가 임신한 사실이 아니란 것을 피해자에게 이야기하다가 실수로 때렸는데 학교와 피해자 측에서는 그 사실 하나만으로 폭행이라는 거죠?"

"네, 맞습니다."

"만약 골프장에서 옆 사람이 고의적으로 공을 던져 머리에 맞았다면 폭력 맞습니까?"

"네."

"그럼 연습 중 우연히 골프공에 머리를 맞아 조그만 혹이 났습니다.

이때도 개인이 다쳤으니 폭력입니까? 아닙니까?"

그의 물음에는 서로의 얼굴만 보면서 아무도 말하지 않았다.

"사회에서도 이런 것은 폭력이라고 하지 않습니다.

하물며 상대방의 언어폭력에 대한 사과를 받으려는 상황에서 그것이 단순한 사고이지 이것이 어떻게 해서 집단적으로 한 폭력입니까?

안 그렇습니까?"

성욱은 진술서의 허점을 논리적이면서도 조리 있게 파고들었다.

학교 측의 학생부장과 위원장인 교감은 말문을 닫은 채 이미 그와의 논쟁에서 전의를 상실했다.

"그리고 제가 더 말씀을 드리겠습니다.

이런 진위사실을 떠나 임신했다는 친구들의 놀림과 멸시의 따가운 시선을 아이가 받았습니다.

아이는 거짓말을 한 아이를 죽이고도 싶었지만, 무엇보다도 임신 모함을 뒤집어썼는데도 오히려 폭력을 했다고 비난하는 학교와 선생님들 때문에 더 죽고 싶었다고 합니다.

만약 아이가 자살시도라도 했다면 그때서야 학교는 부랴부랴 정신을 차릴까요?

이런 대접을 받았던 아이 마음은 누가 무엇으로 치료합니까?

만약 선생님들의 자녀가 이런 경험을 겪었고, 이런 이야기를 들었다면 선생님들은 그냥 있었겠습니까?

그런 데다 팔을 휘둘렀지만, 등이 맞을 수도 있었고, 허공을 가를 수도 있는데, 공교롭게도 발이 꼬여 주저앉다 얼굴을 맞은 경우입니다.

원인, 과정, 결과 모든 것이 참작되어 결정이 이루어져야 하는데, 이 위원회는 그렇지 못할뿐더러 조사 자체의 원인과 과정에 대한 소홀함과 결과의 가능성에 대한 일방성 등의 문제로 인해 저는 도저히 인정할 수 없습니다.

저도 우리 아이의 학교폭력 피해를 학교 측에 정식으로 신고하겠습니다.

조용한 학살

그리고 학교도 업무상 과실에 의한 학생 방치입니다.

아이가 당한 임신의 거짓소문을 방치한 학교는 학교폭력의 2차 가해자이기에 이 부분 역시 신고를 하겠습니다.

이 일에 대한 합리적이면서도 공정한 결과가 나오기를 바랍니다.

만약 그렇지 못할 경우에는 저도 여러 가지 법률적 행위의 소송 등 많은 고민을 하겠습니다.

그리고 마지막으로 묻겠습니다.

학교는 아이를 폭력의 가해자로만 알고 있었지, 정작 제 아이가 학생으로서 있을 수도 없고 있어서도 안 되는 임신이라는 죽음보다 더한 거짓소문이 학교에 나돌았을 때, 아이가 겪었어야 할 마음의 상처를 선생님들께서는 단 한 번이라도 생각해 보셨습니까?

선생님들과 학교도 그 일을 방관한 부분에 있어서는 거짓소문을 퍼뜨린 아이와 똑같은 폭력의 가해자는 아닌지 묻고 싶습니다."

그러면서 성욱은 미리 준비한 리아의 정신과 진단서와 피해학생의 학교폭력 가해신고서를 내밀었다.

"이 위원회에서 가해학생 측에서 이의를 제기함과 동시에 학교 측에서도 조사를 소홀히 한 부분 있기에 죄송하다는 말씀을 먼저 드립니다.

다시 위원회를 소집하도록 하겠습니다."

학교 측 위원장인 교감은 매우 괴로운 듯 난감한 모습이었다. 그러면서 조용히 듣고만 있다가 그가 위원장으로서 최종적으로 결정을 내렸다.

지금이야 학교폭력 사건이 '화해'의 학교장처리가 안 될 경우만 각 교육지원청에서 열리지만, 몇 년 전까지만 해도 학교의 모든 폭력사건은 학교폭력위원회에서 진행되고 결정되었다.

성욱은 리아와 함께 회의장을 빠져나왔다.

그녀와 함께 쌍방폭행으로 몰렸던 친구의 어머니는 성욱에게 고개를 숙이며 고맙다는 인사를 몇 번이나 하고서야 헤어졌다.

리아가 성욱의 손을 꼭 잡아 주었다.

가냘픈 고사리 같은 손끝에서는 따뜻한 온기가 흐르고 있었다.

그는 평소에도 아이의 맑고도 따뜻한 눈빛을 느꼈다.

하지만 지금 보는 아이의 눈빛은 마치 사람으로부터 스치지 않은 원시림 계곡의 물처럼 맑고도 빛이 났다.

그는 평소보다 오늘은 특히 자신이 아이에게 한없는 믿음을 주었다는 것에 마음이 뿌듯했다.

"아빠, 오늘 보니 변호사 해도 되겠어요."

"그랬니?"

"네, 학생부장님과 교감 선생님의 표정이 장난 아니었어요.

전 아빠가 잘못했다고 용서를 구할 줄 알았지, 이렇게 가시

돋친 논리로 딸을 대변해 주실 줄은 몰랐거든요.

정말 감사해요."

"아니야, 네가 누군데?

세상 다 주어도 안 바꿀 우리 공주님 마음을 아프도록 그냥

두겠어?"

성욱은 리아를 꼭 안아 주었다.

그와 리아의 팔에는 부녀지간이라는 믿음의 힘이 실려 있

었다.

공원 사이로 삐죽 보이는 아파트가 밝은 조명으로 눈웃음

쳤다.

"리아야, 아빠 소원이 있는데."

"응, 뭐예요?"

위원회 시작 전까지만 해도 주눅이 들어 있던 아이가 언제

그랬냐는 듯 지금은 해맑은 모습의 생기가 돌았다.

"앞으로는 어떤 일이 있어도 남을 때려서는 안 돼.

설사 때릴 의사가 없는 실수일지라도 다른 사람한테 피해를 줘서도 안 된다는 거 알겠지?"

"네, 명심할게요."

"자, 그런 약속의 의미로 아빠가 너를 꼭 한 번 업어 주고 싶은데."

"아빠, 저 무거워서 아빠 쓰러질지도 몰라요. 괜찮으시겠어요?"

그녀는 웃으면서도 적이 걱정스럽다는 듯 성욱을 바라보았다.

"그럼. 예전엔 엄마도 업었는데, 너쯤이야. 아빠 자신 있어."

성욱은 괜찮다면서 쭈그려 앉아 양팔을 벌렸다.

그는 리아를 마지막으로 업어 준 기억의 알 수 없는 시간을 더듬으면서 아이를 업었다.

리아가 어렸을 땐, 등짝이 반들거리도록 업고 다녔다.

인형처럼 가볍던 아이가 어서 빨리 크고 무거워졌으면 했다.

그런 바람으로 벽에는 줄자 눈금을 그어 놓고, 언제라도 잴 수 있는 몸무게 저울로 하루에 몇 번도 마다않고 확인하곤 했다.

설사 재는 위치에 따라 조금씩 달라지는 오차가 있을지라도 0.2-0.3cm만 자라고 몸무게가 100g만 늘어났어도 즐겁고 고마운 일이었다.

그런데 이제는 그 무게마저 버거울 정도였다.

등에 엎드린 리아의 고른 숨결에서 평온함이 느껴졌다.

성욱은 등 뒤에서 눈에 넣어도 안 아플 딸의 모습을 보고 있는 듯했다.

며칠 후, 리아 학교의 교감으로부터 전화가 왔다.

"안녕하세요. 교감 선생님."

"따님 학폭 건으로 연락을 드렸습니다."

"네, 어떻게 됐습니까?"

"그날은 정말 죄송하게 됐습니다. 저희가 조사를 미숙하게 해서요.

다름이 아니라 피해자 쪽에서 본인들도 잘못했다며, 고소 취하까지 했답니다. 그러면서 서로 학교폭력의 모든 것을 취하해서 없었던 일로 하자고 그러시는데 어떻게 하실는지?

그래서 연락 드렸습니다."

"네, 상대편 쪽에서 그렇게 한다면 저도 굳이 번거로울 필요 없이 모든 것을 철회하겠습니다."

"네, 그럼 그렇게 진행하겠습니다. 그리고 학교에서도 그날 조사를 세밀하고도 어느 한쪽 불편하지 않게끔 공정히 했어야 했는데 그렇지 못한 점 재차 사과드립니다."

"아닙니다, 교감 선생님. 일하다 보면 아랫사람이 실수할 때도 있지요.

다만 이번 일처럼 불공정하면서도 소홀한 조사로 힘없고 엉뚱한 사람의 피해가 생기는 잘못된 것을 바로잡지 못하고 그냥 두는 것이 문제겠지요.

괜찮습니다. 지금이라도 바로 고쳐졌으니 저도 감사할 따름입니다."

"그리 이해를 해 주시니 저 또한 고맙습니다.

그리고 다시는 이런 일이 없도록 학교에서도 적극 예방에 힘쓰겠습니다.

아울러 리아 학생의 정신적 자존감을 찾아 주도록 힘쓰겠습니다."

"바쁘신데 이리 세밀히 챙겨 주셔서 정말 고맙습니다.

그날 저도 제 아이 편에서만 학교를 몰아붙인 점 교감 선생님과 학생부장님께 사과드립니다."

"아닙니다. 리아 학생의 아버님 입장에서는 충분히 하실 수 있는 말씀을 하셨습니다.

그것 때문에 저희도 많이 배웠고 앞으로 혹시라도 그런 일로 피해 입는 학생이 없는지 꼼꼼히 살펴보겠습니다."

"그렇게 생각하셨다니 오히려 제가 고맙습니다."

"그럼 학교에서도 서로 합의서만 받고, 회의록 자체도 없는 것으로 하겠습니다."

교감의 부드러운 말과 태도에 성욱은 다행이라 생각하면서 아직도 걱정하고 있을 아내 은아에게 전화를 해서 알려 주었다.

또한 딸에게 문자로 교감이 제안한 결과를 알려 주었다.

그러면서 성욱은 다행이라 생각하면서도 그간의 아이와 자신이 겪어야 했던 그 힘든 일에 대한 쓸쓸함을 감출 수가 없었다.

세월이 가면서 그것은 희미해지다가 언젠가 잊혀지기는 할 것이다.

그래도 마지막 불씨가 꺼진 후 타다 만 나무의 흔적처럼 상처 난 마음이 가끔씩은 그와 리아의 뇌리에서 더듬어질 것이라고 생각되었다.

아이들은 친하든 그렇지 않든 학교라는 사회생활 속에서 의견 차이 또는 오해로 다투기도 하고, 지나치면 때로는 싸우기도 할 수 있다. 어디까지를 폭력이라는 경계를 정하기는 참으로 애매모호 하다.

하지만, 그래도 우리들은 안다.

우리들의 도덕과 상식이 그 경계를 말해 주고 있다.

비록 학교라 할지라도 폭력은 어디에서든 단호하게 배척되고, 또한 법의 처벌을 받아야 함이 마땅하다.

그럼에도 폭력이 아닌 사소한 것을 법의 잣대가 폭력으로 둔갑시켜 한창 즐거워야 할 학교생활을 미주알고주알 처리하는 것은 어른들은 몰라도 아이들에게는 합당치 못하다.

학교 안의 규율, 선생님과 아이들의 합의 등에 맡겨져도 좋을 것이라고 성욱은 생각했다.

"정책의 대안 부문에서 학교 기숙사의 시설문제 보완을 교장이 허락도 하지 않은 것을 제안했다는데 그런 사실이 있습니까?"

암암리에 무엇을 꽤 밝힌다는 소문이 자자한 허구의 질문이었다.

"네, 그 문제는 교장 선생님께 두 달 전에 보고를 드렸더니, 이미 좋다고 허락을 한 사항이었습니다.

그래서 컨설팅에 의뢰하여 얻은 결과를 바탕으로 개선점을 찾았고, 며칠 전 교장 공모 프리젠테이션을 위한 서류 마감 하루 전에 보여 드렸습니다.

그랬더니 좋은 제안이라고 말씀하신 내용입니다."

"그런데 이것을 가지고 왜 문제가 되는지? 그 이유가 있다고 생각하십니까?"

성욱은 태클을 걸려고 하는 심사위원의 질문 의도를 알아 차리고는 오히려 반문을 했다.

"학교관리자의 허락 없이 독단적으로 했다는 이야기가 들려서 질문하는 겁니다."

"잘못 아신 것 같습니다.

그리고 이 문제는 교장이 허락을 하고 안 하고의 문제를 떠나서, 학교발전을 위해서 어떻게 하는 것이 좋은 것인지에 초점이 맞추어져야 하지 않겠습니까?"

그는 심사위원들의 질문에 침착하면서도 직설적인 답변을 했다.

그러면서 성욱은 단상에 있는 심사위원 중의 한 사람인 교장을 스캔하듯 빠르게 쳐다보았다.

교장은 열심히 서류를 보고 있는 척하면서도 고개를 숙인 채로 성욱의 시선을 애써 외면하고 있는 듯 했다.

교장은 공모 서류제출 마감을 앞둔 하루 전, 본인이 서류를 한번 봐주겠노라고 했다.

성욱은 제가 알아서 잘 썼으니까 말씀은 고맙지만 바쁘신데 그러지 않아도 된다고 사양했다.

같은 관리자의 위치이지만 성욱은 학교 안팎에서 좋은 것은 항상 교장의 공으로, 나쁜 것은 자신의 잘못인 양 그렇게 몇 년을 깍듯이 챙겼다.

그럼에도 좀처럼 자신의 마음을 쉽사리 드러내지 않던 교장은 그날따라 어찌된 영문인지 미소까지 보이며 다시 제안을 하는 것이었다.

성욱은 전에 보지 못한 그의 고집스러운 요구에 어쩔 수 없이 '그러겠다' 대답을 하고는 자기소개서 및 학교 경영계획서 등의 서류를 교장에게 넘겨주었다.

교장실을 나오면서 마치 화장실에서 큰 것을 보고 바지를 그냥 올린 것처럼 왠지 모를 찝찝함이 그를 엄습했다.

그러고 보니 사실은 봐주려 한 좋은 의도가 아니었다는 것을 오늘에서야 알았다.

성욱의 좋은 정보가 있으면 교장 자신이 지지하는 쪽에 이용을 하게 하려는 음흉함을 가지고 정보를 훔치려는 의도에서 그랬을 수 있다.

아니면 성욱이 어떤 것을 썼는지 미리 그 문제점을 찾아내려는 수작이었음이 순간적으로 느껴졌다.

"선생님에 대해서는 호불호가 갈리는데, 본인은 어떻게 생각하십니까?"

또 다른 이사가 물었다.

조용한 학살

"제 성격은 온유하면서 내성적이기 때문에 싫은 소리를 잘 안 하는 편입니다.

하지만 업무적으로 법적인 문제 또는 규정상의 문제 될 사항 및 인사복무에 관계될 문제의 개인에게는 꼭 지적을 하는 편입니다.

가령 수업이 없다고 슬그머니 10시에 출근하거나 오후 3시에 몰래 퇴근하다 걸려 지적을 하면 본인의 잘못이겠죠.

그럼에도 그 사람은 제게 본인의 잘못을 지적해 주어 고칠 수 있게 되었다고 고마워할까요?

아니면, 이거 봐줄 수도 있고, 다른 사람도 그랬는데 나만 잘못했다고 질책을 당했다고 뒷담화를 깔까요?

결론은 이사님들의 상상에 맡기겠습니다.

안 그런 사립학교도 있지만, 이것이 오랫동안 정으로 뭉쳐져 관행처럼 되어 온 사립학교의 현실적 문제입니다.

특히나 지금 제가 몸담고 있는 이곳, 우리 조직의 슬픈 현실이라고 생각됩니다."

성욱은 나름 심사위원들의 질문에 열심히 답변을 하였다.

그렇지만 허구와 가깝다는 이사는 자꾸 그의 개인의 문제점을 헤집었다.

경우에 따라서는 분명한 의도가 깔린 듯, 도가 지나칠 정도로 부각시켰다.

"마지막으로 자신이 하고 싶은 말 없습니까?"

"네, 이 자리는 학교 발전을 위한 교장 공모 심사 자리라 들었습니다.

제 개인의 부정적인 문제보다는 학교 발전을 위해서 그동안의 어떤 노력을 해 왔고 어떤 비전을 가졌는지에 초점을 두어야 하는 것 아닌지 여쭙고 싶습니다.

이사님들의 현명한 결정을 기다리겠습니다."

성욱은 분명 의도가 깔린 개인의 부정적 문제를 부각시키는 못된 이들에게 그 자리에서 일침을 놓고 싶었다.

아니, 발표하는 중간에 '니들 입맛대로 하여라' 하며 자리를 박차고 나오고도 싶었다.

하지만 자리가 자리인 만큼 목젖까지 끓어오르던 분노를 애써 눌러야 했다.

채점하는 이사들의 눈꼬리는 올라가고 눈동자는 번뜩였다.

'저 교감 왜 저렇게 잘할까?'

그토록 실수가 많기를 바랐던 이사들은 그들의 질문에도 또박또박 답변을 할 뿐 아니라, 앞으로 학교를 발전시켜야 할 프리젠테이션을 너무나 훌륭히 잘했던 것이었다.

뿐만 아니라, 누가 보더라도 현직 교감이 교장 후보자 세

사람 중에서 순위가 첫 번째라는 것을 어렵지 않게 판단할
수 있었다.

이미 약삭빠른 허구에 의하여 내부적으로 조정이 이루어
진 뒤였겠지만, 발표회가 끝나고 이사들만 모인 장소에서 협
의회를 했다.

"현직 교감이 서류 검토 시의 교장 선생님께서 말씀하신
내용과 달리 발표와 질문의 답변을 너무 잘했는데, 어떻게
생각하시오?"

"네, 그렇지만 그는 조직 내부의 호불호가 갈리는 인물이
라 그래도 그런 리스크 없는 이 사람이 더 낫지 않겠습니까?"

더구나 같은 종교라는 이유로 교장과 한통속이 된 허구의
말이었다.

"하지만 현 교감의 이력을 보면 과거의 대학진학률이라든
가, 학교 발전을 시킨 업적이 후보자 중에서 타의 추종을 불
허하는데 우리가 이렇게 점수를 주어도 되겠습니까?"

교장이 "0점"을 주고 허구도 역시 "0점"을 주었다.

이사장도 다른 건으로는 허구의 도움을 받을 수밖에 없는
처지이기에 이 부분은 그의 음흉함을 알면서도 애써 외면을
해야 하는 것이 오늘날의 현실정치와 다를 바 없었다.

그것이 자신의 이해관계에 따라 달면 삼키고 쓰면 뱉는 현

대의 인간관계일 것이다.

그렇기에 사람들은 '오는 게 있으면 가는 것도 있다'는 속담을 만들어 놓았나 보다.

며칠이 지났다.

차기 교장 발표가 나는 날이었다.

평소에는 그렇지 않던 몇몇 교사들과 심지어는 살갑던 교사들까지 성욱과의 자리를 슬슬 피했다.

뿐만 아니라, 애써 본인들의 눈빛을 성욱과 마주치려 하지 않았다.

그들은 어디서부터인지는 몰라도 미리 그 결과에 대한 소문을 들은 것 같았다.

성욱은 교장 공모에 대한 결과라는 것을 직감할 수 있었다.

학교법인으로부터 공문이 내려왔다.

교장이 성욱의 서류를 봐주겠다고 했던 마감 전날인 그때까지만 해도 서류조차 내지 않았던, 부장도 아닌 교사가 차기 교장으로 확정되었다.

사람들에 따라 의견과 주관이 달라질 수는 있겠지만 그의 능력이 탁월한 것은 결코 아니었다.

그렇다고 학교에서의 대학입시의 결과를 괄목하게 이루거나 성실한 편도 아닌 모든 면을 성욱과 비교했을 땐, 비교불

가의 허접한 경력이었다.

그 조직에서의 대부분이 인정조차 할 수 없는 일이 벌어졌던 것이었다.

하나의 조직을 위해서 가정보다는 직장에서 더 많이 긴 시간을 보냈던 성욱이었다.

아내에게 남편으로서의 대화보다는 직장 동료들과 더 많은 대화를 했다.

그럼에도 자신은 누군가의 꾸며진 음모와 배신에 의하여 인생의 미래가 난도질이 된 것이라고 생각되었다.

그는 별 볼 일 없는 타인들에 의해 자신의 운명과 사회적 미래가 결정된다는 현실이 그 무엇보다도 싫었다.

아니, 그 심사에 이러저러한 핑계로 공평하지 않게 관여한 정의롭지 못한 사람들이 오늘 저녁이라도 당장 교통사고로 죽어 버렸으면 하는 희망고문을 수없이 했다.

또 한편으로는 영화에서 보았던, 미운 사람의 형상인형을 만들어 매일 바늘로 찌르면 그 대상이 병든다는 무속의 이야기처럼 하고도 싶은 생각을 끝도 없이 했다.

그런데 세상일은 참 묘하게도 못된 짓을 한 놈은 더 잘나가고, 잘살았다.

또한, 그들로부터 당한 사람, 착하게 산 사람들은 갈수록 궁핍하고 힘든 현실이 되다 보니 우리가 믿는 신이 있기나 한지도 모를 일이었다.

잊어버릴 건 얼른 잊어야 하는데, 그런 생각에 자꾸 집착을 하게 되면 결국은 병이 든다는 사실을 알면서도 그는 이런 것을 떨쳐 내지 못할 정도로 안팎에서 몸과 마음이 서서히 무너져 내리고 있었다.

그러고 보면 그토록 강직했던 그도 한낮 나약한 인간에 지나지 않았다.

성욱은 지금 겨울을 향하는 세찬 바람에 잎이 모두 떨어진 나목처럼 절망의 바다를 보았다.

'살고 싶지 않았다'는 이 한 마디로서 그의 마음을 표현할 수 있을까?

누구보다도 이런 현실에 맞닥뜨린 성욱은 화산 폭발로 산더미 같은 해일이 밀려와 수만 명의 건물과 생명이 부서진 폼페이처럼 만들어 버린 아수라장 그 자체였다.

그에게는 언제나 머물렀던 오늘의 직장이, 도살장만은 못 가겠다고 뒷걸음치며 눈물까지 흘리면서 실랑이를 하다 결국은 죽음으로 향하는 육우소의 운명 같았다.

사람들은 그를 사람으로 보는 것이 아니라 마치 유령을 대하듯 했다.

지금 이 순간, 그에게는 죽음보다는 오히려 살아 숨 쉬는 것이 더 두려웠다.

어쩔 수 없이 마주하는 사람들조차도 설사 자신을 비웃음과 멸시하는 조롱이 아니었어도, 결국은 그렇게 되어 버린 현실이 그의 마음에 들어와서는 고기를 뜯는 매의 발톱이 되어 급기야는 살아야 한다는 의지를 한 땀, 한 땀 찢어 내고 있었다.

그가 공모에 떨어진 지도 이미 여러 날이 지났다

성욱은 서재라 할 것까지도 없는 그의 방으로 들어와서는 잠을 자야 할 시간이 이미 지났음에도 부처처럼 가부좌를 틀고는 뜬눈으로 새벽을 맞이했다.

장마 후 뒤집혀진 저수지의 뿌연 물처럼 빙빙거리던 머리는 한순간도 잠들 기미가 보이질 않았다.

입속은 이미 여러 군데가 헐고 혓바늘이 콩알 크기로 심하게 돋아 음식이 들어가자 너무 아픈 나머지 자신도 모르게 눈물이 핑 돌았다.

성욱의 그런 모습을 놓칠 일 없는 은아가 무슨 일 있냐며 자꾸 물어도 별일 없다고 오히려 역성을 내는 듯 했다.

그런 가운데에서도 행여나 그런 자신의 감정을 들킬까 싶어 조바심을 내면서도 애써 태연한 척 그런 하루를 반복하고 있었다.

하지만 리아는 몰라도 은아는 성욱을 형님처럼 따르는 이만호 선생으로부터 들어 알고는 있었다.

하지만, 그런 남편의 모습을 보면서 아무리 자신이 먼저 내색하면서 마음을 아울러 주기에는 그의 성격으로 보아서는 치유할 수 없는 마음의 상처를 입을 것이라는 남편의 자존심을 누구보다도 잘 알고 있던 터였다.

날이 갈수록 수척해지는 그의 얼굴을 보면서 아무것도 모르는 리아는 걱정스러운 얼굴이었다.

"아빠, 괜찮아요?"

리아는 등교 준비를 마치고 현관을 나서다 말고 걱정스러운 듯이 물었다.

그는 딸이 학교 가는 걸 보려고 거실 현관에 먼저 서 있었다.

"응, 괜찮아. 우리 딸 이제 공부 잘 하고 있지?"

성욱도 지난번 학교에서의 안 좋은 일이 있었던 오래지 않은 기억을 떠올렸다.

그녀는 한없이 착하면서도 너무나 야무진 딸아이였다.

"네, 잘하고 있어요. 아빠, 이번 기말고사에서 전교 등수 안에도 들었어요.

지난번 걱정 끼쳐 드렸던 만큼 열심히 노력했어요."

"그래, 고맙다. 어서 학교 가거라. 늦겠다."

조용한 학살

"네, 그럼 학교 갔다 올게요."

그러면서 리아는 까치발을 선 채 아직 씻지도 않은 기름기 번들거리는 성욱의 볼에 입맞춤을 하고는 현관문을 나갔다.

성욱은 아이가 현관문을 나서는 것을 보면서 손을 흔들었다.

아이의 예쁜 웃음이 뒷모습에도 걸려 있는 듯했다.

씩 웃었다.

누군가 보기라도 했음 딸 바라기에 넋 나갔다고 보일 것이기도 했다.

은아는 우두커니 그들 뒤에서 부녀지간의 대화 모습을 보면서 그걸 놓칠 리가 없었다.

"애틋하네."

"보고 있었네. 하도 예쁜 짓을 하기에…."

그는 은아를 바라보며 말끝을 흐렸다.

"당신 괜찮아요? 어제도 잠을 못 잔 모양이네. 눈이 많이 충혈되었네."

그녀는 걱정스러운 듯 성욱의 눈을 바라보았다.

"괜찮아. 원래 내가 그렇잖아."

성욱은 대수롭지 않은 듯했다.

"힘들면 며칠 연가를 내면 되잖아."

그는 빨리 직장 출근을 해야겠다며 그녀의 걱정을 뒤로하며 욕실로 들어갔다.

　오가는 차들이 뒤엉켜 오도가도 못 할 만큼 복잡한 머리에 맑은 정신이라도 애써 부어넣으려는 듯 찬물 샤워기를 틀었다.

　세찬 물줄기는 모든 고뇌를 털어 내 보려는 듯이 욕실 안을 부숴 버린 보헤미안 랩소디 음악처럼 온몸을 탐닉하였다.

　성욱은 물이 차갑다기보다는 오히려 뜨거움을 느꼈다.

　맑은 정신으로 돌아와야 할 머리가 황토바람에 회오리놀이를 하면서 무엇이든 집어삼킬 듯 세찬 바람을 일으켰다.

　갑자기 하늘이 갈라지면서 천둥소리와 함께 번갯불이 눈앞에서 번뜩였다.

　눈이 살그머니 뜨였다.

　비 갠 아침, 하늘 저쪽에서 뫼비우스 띠처럼 긴 포물선의 무지개가 그의 얼굴에 비췄다.

　알코올 냄새로 진동하는 낯선 풍경도 들어왔다.

　그런가 하면 직사각형의 줄지어 있는 묘지처럼 하얀 빛깔의 침대들이 차례대로 늘어진 여럿 가운데의 철제 침대에 누워 있는 자신을 발견하였다.

　침대 옆에 거머리처럼 붙은 철제 깃대에는 무색의 링거액이 담긴 주머니가 몇 개씩 버거운 듯 저마다의 얼굴을 내민 채 매달려 있었다.

가느다란 튜브 줄을 따라 어른 팔이라고 하게엔 너무도 가녀린 팔목 언저리에서 선홍색의 핏물이 작은 연기처럼 모락거렸다.

　그의 양옆에는 고통을 잠재우느라 아픔을 참는 일그러진 얼굴들이 모든 병상을 좀비처럼 들쑤셨다.

　전쟁터 야전병상 못지않은 그들의 신음 소리는 마음에 안 든다며 바닥에 다리 벌리고 땡깡 부리는 아이의 울음보다 더 시끄러웠다.

　때로는 참을 수 없는 아픔에 절규하는 환자들의 치료를 위하여 검붉은 장미꽃잎들처럼 피로 수놓인 하얀 가운을 입은 간호사와 의사들이 분주히 움직이는 낯선 풍경이 아른거렸다.

　그는 비로소 집이 아닌 병원, 그것도 중환자실에 있음을 알게 되었다.

　성욱은 화장실에서 머리가 아찔하면서 보릿자루가 비스듬히 쓰러지듯 그의 몸이 엎어졌던 것이다.

　자신의 의지와는 달리 몸도 가누지 못한 채, 아무리 도움을 청하려는 말을 하려 해도 허사였다.

　그저 힘없이 가까스로 문만 긁었던 것이 그가 할 수 있었던 마지막 발악이었다.

　기억은 거기까지였다.

한 간호사가 시체처럼 있다가 눈을 끔벅이던 성욱을 용케도 알아보고는 재빠르게 침대 쪽으로 왔다.

"장성욱 환자분, 이제 깨어나셨네요."

간호사는 그녀의 부모가 깨어난 듯이 살갑게 말했다.

의사도 왔다.

얼마나 많이 다급했던 순간들의 환자들을 살렸는지 하얀 가운에는 화폭 같은 선홍색 피가 물감처럼 번져 있었다.

"깨어나셨군요. 이만하길 다행입니다."

의사는 성욱의 양 눈꺼풀을 벌리고는 펜 라이트로 눈동자를 좌우로 유도하였다.

그의 눈동자는 펜 라이트가 움직이는 방향을 따라 느릿느릿한 반응을 보이기는 했지만 일단 이상은 없는 듯 보였다.

"장성욱 씨, 제 목소리 들립니까?"

"네, 들립니다."

"여기가 어딘지 아십니까?"

"네, 병원 아닌가요?"

"네, 맞아요. 중환자실입니다.

좀 어떠서요?

혹시 속이 메스껍거나 머리가 아프진 않으세요?"

"네, 괜찮습니다.

그런데 제가 왜 여기에 있습니까?"

"쓰러지셔서 응급실 온 지 하루가 지났습니다. 어디 불편하신 곳은 없으세요?"

"네, 병원에 실려 온 기억 빼고는요."

"일단 다른 검사를 통해서 확인해 보도록 하죠.

아직은 뇌출혈도 구토 증상도 없으니 가벼운 뇌진탕 증세인 것 같기는 합니다.

하지만 왜 쓰러졌는지 이유를 알아야 하니 조금 더 시간을 가지고 지켜보다 일반병실로 옮기시죠."

몸보다 마음이 더 바쁜 의사는 듣기 좋은 말만 하고는 다른 곳으로 갔다.

간호사는 얼마 남지 않은 링거액을 새것으로 교체해 주면서 예쁜 얼굴만큼이나 맑은 웃음을 보이면서 말을 이었다.

"정말 다행입니다.

의식이 없는 상태로 중환자실로 들어와 곧바로 깨어나지 않는다면, 하루가 지나서 이렇게 빨리 깨어나기는 종종 드문 경우입니다.

생전에 덕을 많이 쌓으신 모양이네요.

일반병실에서 이것저것 검사 받으러 다시 와야 하니, 중환자실에 계실 때 지금 모두 받고 가시는 게 낫겠죠?"

그렇게 말하고는 그녀 역시 바쁘게 자리를 떴다.

밝은 햇살에 추녀 끝 고드름이 녹아드는 소리처럼 링거액은 가녀린 줄을 따라 똑똑 떨어지면서 혈관으로 파고드는 언저리에는 흡사 양귀비꽃보다 더 아름다운 선홍색의 꽃잎이 해파리처럼 춤을 추고 있었다.

성욱은 머리의 MRI 검사를 받기 위하여 영상의학실로 옮겨졌다.

살면서 감추어진 첫사랑부터 인생의 많은 이야기로 거미줄처럼 엉켜 있던 머리에 헤드폰이 씌워지고 작은 동굴 같은 원통기계 속으로 성욱의 몸이 빨려 들어갔다.

윙, 윙, 윙 하며 드럼세탁기 돌아가는 기계음에 그는 가슴이 답답하여 당장이라도 기계를 부숴 버리고 싶은 강한 욕구가 일었다.

지금이라도 못 있겠다고 아우성치며 당장 원통 밖으로 뛰쳐나가고 싶은 마음뿐이었다.

그는 어떠한 경우가 있더라도 두 번 다시 자신의 숨겨진 비밀을 송두리째 훔쳐보는 이놈의 검사만큼은 하지 말아야겠다고 다짐을 하는 자신을 지우고 있었다.

그는 태양의 따사로운 향연이 끝나는 어둠이 깔려서야 일반 병실로 옮겨졌다.

조용한 학살

시끄럽고도 부산한 것을 싫어하는 성욱의 자리는 다행히도 먼 산이 보이는 창가 쪽의 침대였다.

성욱의 침대가 자리를 잡자 입심 좋은 어느 양반은 "그곳에 있던 사람이 죽어서 나간 자리에 산 사람이 들어오네" 하면서 혀끝을 찼다.

성욱의 일행을 지켜보던 옆 환자의 눈이 레이저 빛을 발하며 그녀를 째려보았다.

다행스럽게도 성욱은 아내 은아와 리아가 병실에서 그를 맞이하며 기뻐하는 모습에 미처 그 소리를 듣지 못했다.

중환자실은 하루 중 오후 한 번밖에 면회가 되지 않는데, 맞벌이를 하는 은아와 리아가 함께 와 있는 것을 보면 아마도 병원에서 연락을 했던 모양이었다.

모녀는 침대에 누워 있는 그의 손을 꼭 잡았다.

"많이들 놀랐겠네. 이젠 괜찮아. 나 안 아파.

이것저것 검사했는데 별 이상 없대.

그럼에도 다시 검사한 것 확인해 보고, 별다름 없으면 내일이나 모래 퇴원할 것 같아. 걱정하지 마."

모녀는 힘없는 그의 말을 듣고는 걱정했던 안도의 웃음을 보이면서 눈에는 금방이라도 쏟아질 눈물이 눈썹에 매달려 있었다.

성욱은 이제껏 살면서 그를 지금 바라보는 모녀의 눈을 응시하면서 하늘에 있다는 천사처럼 그렇게 선하고 아름다운 눈길을 결코 본 적이 없었다.

"그만하길 다행이네.

나와 리아는 당신한테 싫은 소리 한 번 않고 뽀뽀만 해 줬는데, 당신은 근래 직장에서 스트레스를 많이 받은 모양이지?

생전 말을 해야 내가 짐작이라도 하고 위로라도 해 주련만.

에구, 입이 있어도 말없는 저 철문 같은 사람을 누가 막아?"

그녀는 인적 드문 계곡에서 들릴 듯 말 듯 조용히 흐르는 물소리마냥 나직이 말했다.

성욱이 내성적이긴 했어도 남들이 우려할 만큼 원래 말수가 없었던 것은 아니었다.

그에게는 엄마 같았던 세 살 터울의 누나가 있었다.

그는 어렸을 때 몸도 왜소하고 병치레가 잦은 편이었다.

그래서 그는 매주 월요일의 운동장 조회 서는 날이면 항상 그의 어머니가 뒤에서 지키고 있었다.

조회를 서다가 가끔씩 쓰러지는 경험을 했기 때문이었다.

오늘날 같았으면 학교의 조회도 기껏해야 1년에 몇 번 정도 있었을 뿐만 아니라 그 정도로 몸이 허약했으면 미리 선생님께 양해를 구하고 아예 서 있지 않을 수도 있었겠지만

조용한 학살

그 당시만 하더라도 학교에서 교사의 말은 나는 새도 떨어트릴 정도로 절대적이었다.

그래서 누나는 늘 그의 가방을 들어 주었고 심지어는 힘없는 그를 짓궂은 애들이 괴롭히기도 할 요량이면 어느 틈엔가 나서서 혼내 주기도 하고 공부도 가르쳐 주는 진정한 원더우먼이었다.

그런 데다 누나는 초등학교 때 벌써 키 160센티가 넘어 남녀 학생 중에서 한두 명을 제외하고는 가장 큰 데다 이목구비마저 모델 같은 서양 여인처럼 빼어나게 예뻤다.

하물며 공부면 공부, 운동이면 운동 심지어는 빼어난 그림 솜씨까지 못하는 것이 없었다.

성욱은 누나가 한때 의대를 다니던 남자와 사귀었던 것을 기억하고 있었다.

누나에게 그것이 첫사랑인지는 모른다.

하지만 수도권으로 이사 간 누나 때문에 그 남자는 남도 항구에서 꼬박 하루가 걸려도 몇 번이고 왕래를 했다.

그러던 어느 날 눈물을 홀로 삼키며 이불 속에서 꺼이꺼이 울던 누나를 본 적이 있었다.

언젠가 이유를 물어보니 비관하던 누나에게 손을 내밀며 잡아 주던 그에게 못되게 굴며 이별을 통보했다는 말을 들었다.

그 후로도 의대생은 몇 번이나 집엘 왔지만 누나는 그를 끝내 만나 주질 않았다.

그땐 어려서 그 심정을 잘 몰랐는데 나이를 먹고 보니 그때의 누나가 겪었던 심정이 얼마나 힘들었는가를 조금은 이해할 수 있었다.

그런 정도이다 보니 누나 친구들의 질투와 부러움을, 선생님들의 사랑을 한 몸에 받았다.

성욱이 고등학생 때의 일이었다.

다음 날 미술 수업이 있어 그날 꼭 완성해야 하는 그림 숙제였다.

그날따라 그는 그림을 그리다 누나 옆에서 심한 코피를 한바탕 흘렸다.

"누나, 나 내일 그림 그려 가야 하는데 내가 아직 완성을 못했어. 나 좀 도와 줄 수 있어?"

그의 목소리는 힘에 부친 듯 나직했다.

"어떻게 하지? 나 내일부터 시험인데?"

향아는 하얗도록 창백한 동생의 얼굴을 보면서 안쓰러워했다.

그런 상태에서 성욱은 잠이 들었다.

아침이 되었다.

조용한 학살

그의 책상에는 미처 다 그리지 못했던 그림이 어느 틈엔가 캔버스에서 울긋불긋 웃고 있었다.

그날 향아는 그림을 그린 후 시험공부를 마치고 잠잘 틈도 없이 아침을 맞이하고는 책가방을 주섬주섬 챙기고 있었다.

"누나는 잠도 안 자고 이렇게 그림을 그렸네. 힘들어서 어떻게 해?"

그는 미안해하면서도 너무도 고마운 마음으로 누나를 쳐다보았다.

"나 간다."

향아는 바쁜 가운데서도 동생을 한 번 안아 주고는 문을 열고 나갔다.

성욱에게는 누나가 이 세상에서 모든 것이 가장 뛰어나고 예쁜 여자의 상징이자 전부였다.

어쩌면 그에게도 사춘기를 겪어야만 했던 대상이 누나이기도 했을 정도로 그만큼 애틋했다.

그러던 누나는 누군가가 말하길 그 당시의 방송국 아나운서만치나 더 예쁜 여자들이 모였다는 국내 탑을 달리던 증권회사에 입사를 했다.

그렇게 촉망받으면서 똑똑했고 성욱을 형제들 중에서도 가장 끔찍이 챙겼던 누나가 결혼을 한다고 했다.

그 당시 성욱의 집은 사업에 실패하고 실업자로 전전하던 아버지와 어머니의 잦은 불화로 최전방의 전쟁터 같았다.

아마도 누나가 그토록 빨리 속전속결로 결혼을 서둘렀던 이유 중의 하나가 집안 사정과 무관하지 않았을 것을 어렴풋이 짐작했다.

그는 어린 마음에서도 그런 누나에게 결혼하지 말라고 했다.

그러면서도 더 열심히 공부해서 훌륭한 사람이 되어 누나를 지켜 주겠노라고 말도 안 되는 제안을 했던 적이 있었다.

누나가 결혼을 하던 전날 성욱은 누나를 보면서 말없이 눈물만 흘리고 있었다.

누나는 그런 성욱을 꼭 안아 주며 널 두고 나만 떠나서 미안하다고 했다.

몇 년이 지나 잘 살 것만 같았던 누나가 농약을 먹고 병원 응급실에 갔다 왔다는 소식을 멀리서 전해 들었다.

그런 일이 있고 난 뒤 누나와는 결국 생이별을 하고 말았다.

이런 걸 두고 조물주가 한 사람에게 모든 것을 다 주지 않는다는 옛말이 입에서 입으로 전해 내려왔나 보다.

누나는 비를 참 좋아했다. 그도 누나를 따라 비를 좋아했다.

그녀는 비 오는 날이면 우산이 있음에도 비를 맞으며 집으로 왔다.

조용한 학살

옷도 젖고 감기 든다고 혼이 나도 그 부분에서만큼은 막무가내였다.

그래서 바다를 좋아했나 보다.

언젠가 누나는 성욱에게 자신이 죽으면 화장을 해서 한적한 바다에 뿌려 달라고 했다.

성욱은 그 당시 바람마저 숨죽이던 바닷가에서 누나를 보냈다. 육신이 하지 못한 것을 그녀의 영혼이라도 드넓은 세상에서 누군가를 마음껏 사랑하고 행복했으면 하는 바람에서였다.

자식을 먼저 보낸 엄마가 모진 말을 했어도 그는 눈물 한방울 흘리지 않은 채 한 마디 말도 없었다.

모든 것이 끝나고 며칠을 끙끙 앓던 그는 말없이 집을 나갔다.

그러던 성욱이 몇 달이 지나서야 집으로 돌아왔다.

그 후부터 그는 가족들이 걱정스럽고 답답해해도 필요한 이외의 말을 하지 않았다.

성욱과 결혼했던 은아도 처음엔 조금 답답했지만 그의 과묵한 성격을 한없이 좋아했다.

하지만 그의 실상을 알고는 위로를 해 주면서도 살가운 말들로 개선을 해 보려고 무던히 애를 써 보았지만 별로 달라

짐 없이 그 답답함을 홀로 삭여야만 했다.

그나마 딸 리아가 태어나서 육아를 하는 가운데 조금 말수가 늘었던 것이 전부였다.

그런 성욱이 어느 틈엔가 말없는 웃음을 보였다.

성욱은 결혼한 이후 리아가 고등학생이 되도록 직장에서 있었던 일을 그녀가 묻기 전에는 거의 꺼내는 법이 없었다.

비록 근무하는 곳이 사립이긴 하여도 은아는 성욱이 교감이 되었다는 것을 많은 날이 지난 후에야 그를 형같이 따르는 만호 선생을 만나고서야 알았었다.

성욱이 이런 때도 있긴 했다.

언젠가 결혼 후 은아가 오랜만에 만난 친구들과 어쩔 수 없이 생애 처음으로 호텔 나이트클럽을 갔을 때였다.

겨울이다 보니 친구들의 겉옷과 핸드백 등의 소지품들이 많아서 그녀가 지키고 있을 때였다.

"어디야?"

성욱이 전화를 했다.

"응, 퇴근했어?

저 여기 나이트클럽이에요.

친구들이 하도 스트레스 좀 풀자 해서 오긴 왔는데, 조금 있다 갈게요."

그녀는 시끄러운 가운데서도 대부분의 주고받은 말을 알아들을 수가 있었다.

"내가 갈까?"

"오려고요?"

이야기도 끝나지 않은 채 갑자기 시끄러운 소리로 전화가 끊어졌다.

성욱은 아내 은아가 춤에 대하여 모르고 살 정도로 지식이 없을뿐더러 더욱이 모르는 사람과는 절대 춤을 추지 않는다는 것을 알고 있었다.

얼마 후 성욱이 웃으며 얼굴을 내밀었다.

"어쩐 일이세요?"

한바탕 춤을 추고 들어 온 친구들이 맥주를 마시고 있다 의아하듯 이구동성으로 물었다.

"친구 분들 모두 춤추는데, 우리 은아만 자리 지키고 있을 거 같아서요."

그러면서 그는 은아를 데리고 스테이지로 향했다.

"에구, 내 서방도 저랬으면 얼마나 좋을까?

반의반만 닮아도 업고 다닐 텐데."

그녀들은 한바탕 웃음을 보이고는 부러운 듯 혀끝을 찼다.

어느 날 출근 때였다.

은아는 성욱 앞에 새 양복과 넥타이를 들고 있었다.

"웬 거요?"

그는 의아한 듯 물었다.

"당신 나 몰래 승진한 선물이요."

은아는 목에 매 주던 넥타이 줄 매듭을 꽉 조였다 풀고는 눈 한 번 흘겨보고는 웃으면서 말했다.

성욱은 일상생활에서도 필요에 의한 말 이외에, 죽을 만치 아프기 직전까지는 아파도 아프다고 말을 할 사람이 아니었다.

그녀도 이제는 그의 그런 행동이 전혀 낯설지 않을 만큼 익숙해졌다.

그런 관계로 그것이 조금도 서운하다거나 전혀 놀랍지도 않은 일이었다.

"힘드셨죠? 아빠."

리아가 누워 있는 성욱에게 포옹을 했다.

"얘는 해도 내가 먼저 해야 할 일을 네가 왜 먼저 하니?

당신은 좋겠소.

늙은 마누라보다 젊은 딸자식이 안아 주니."

은아는 흐트러진 이불 섶을 다독이며 웃었다.

그녀의 말에 병간호를 하던 옆 침대의 보호자들도 번지는 입가 웃음을 참을 수가 없었는지 함박웃음에 해바라기가 되었다.

"엄마는 밤새 그렇게 걱정하고 안타까워하다 아빠 깨어났다고 안 하던 농담을 다 하네요.

그치? 아빠."

리아는 조그마한 입에서 석류 알 같은 말을 쏟아 내며 예쁜 혀를 날름 내밀었다.

그러면서 성욱을 한 번 더 안아 주고는 다시 은아를 안아 주었다.

그는 지금의 상태가 그만하길 다행이라는 듯 모녀의 모습을 바라보았다.

엷은 미소를 지으며 안도하는 그녀들의 모습은 무척이나 평화로워 보였다.

이런 게 사람들이 저마다 가정을 꾸리는 이유인 듯싶었다.

저녁식사 후에 학교에서 가까웠던 만호를 비롯한 식구들 몇 사람이 왔다.

"형님, 몸은 좀 어떠시오?"

"괜찮아, 검사한 것에도 특별한 이상이 없다 하네.

그래서 내일 퇴원하는데 뭐 하러 왔어? 안 그래도 바쁠 터인데."

"그래도 그만하길 다행이오. 이렇게 깨어나서.

안 깨어났음 좋아할 놈들도 있었겠지만, 난 아직 형님에게만은 부주 낼 돈을 마련하지 못했으니 형님이 반드시 일어나야 했소.

그리고 죽은 소 낙지 먹고 일어나듯 이리 잠에서 깨어났으니 세상을 두 번 사는 듯해서 몹시 기뻤소."

그는 오늘따라 넉살 좋게 야야기를 하면서 자기 일처럼 기뻐했다.

만호의 말은 아마도 같은 동료이긴 하면서도 성욱이 없었으면 하는 반대쪽 사람들을 일컫는 말이었을 듯싶었다.

또한 그 중심에는 지금의 교장파를 두고 한 말이었음을 성욱도 쉽사리 짐작이 가는 부분이었다.

"뭐, 이미 다 지난 일인데.

그나저나 나는 나지만 너는 이제 어떻게 하지?"

성욱은 앞으로 새 교장으로 취임하여 라인에 따라 새롭게 짜일 직장의 변화가 예상되는 판도에 심히 걱정스러움을 감추지 못했다.

그중에서도 자신과 제일 가까웠던 만호 선생이 그들로부터 피해를 볼 수도 있다는 것은 누구나 짐작할 수 있는 기정사실이기 때문이었다.

병문안을 왔던 사람들은 모두 검은 바다의 파도처럼 잠시 왔다가는 각자의 집으로 갔다.

'어서들 눈을 감고 잠들을 자야 하지 않겠어?' 하고 성미 급한 어둠이 발버둥을 치면서 잽싸게도 몰려와 협박을 해도 성욱은 잠을 좀처럼 이룰 수가 없었다.

무거운 눈꺼풀 무게를 이기지 못한 눈이 아팠다.

그는 누웠다.

살아 있는 동안의 수많은 기억들이 쓸모없이 헝클어진 필름처럼 뒤엉켜 있었다.

작년 이맘때였다.

그날도 예외 없이 다람쥐 인생이 되어 직장으로 출근을 했다.

학생부장인 만호가 사색이 된 얼굴로 인사를 했다.

"주말에 무슨 일이 있었어? 얼굴이 안 좋네."

평소와는 달리 그의 얼굴은 근심으로 가득 차 있었다.

"예, 주말 동안에 학교에 일이 터졌습니다. 혹시 학교 홈페이지 보셨습니까?"

"아니, 왜 무슨 일이야?"

"어디 조용한 데로 가시죠."

만호는 심각한 표정으로 말을 이었다.

성욱이 교감이긴 하여도 독립된 룸이 없어 자리가 오픈되어 있다 보니 솔직히 교사들 개인적 상담이나 업무적인 일들의 대화가 그의 앞이나 옆의 선생님들은 본의 아니게 들을 수밖에 없었다.

때문에 중요한 이야기가 있을 때에는 아무도 없는 빈 사무실을 찾아가서 대화를 해야만 했다.

그는 모 학생의 SNS 계정에서의 내용과 학교 홈페이지에서의 민원인 글을 복사해 왔다.

내용을 읽어 본즉 다음과 같았다.

30대인 본인은 모 아파트 근처에서 피자가게를 운영하고 있으며 귀 학교 학생이 그곳에서 아르바이트를 함과 동시에 서로 좋아하는 관계라고 했다.

그런데, 학교의 모 선생이 그 학생과 모텔에서 잤다며, 모텔 사진과 교사 이름이 쓰여 있었다.

부장인 만호와 성욱은 곧바로 교장에게 보고를 했다.

하지만 교장은 아무런 조치 없이 일단 이 부분에 대하여 함구할 것을 지시했다.

아울러 그 교사에게 사실 유무 관계를 확인하고 자술서를 받으라는 지시를 했다.

성욱은 민원인이 지적한 교사를 불렀다.

　　　　　　　　　　　　　　　조용한 학살

그의 자술서를 받아 보니 민원인이 말한 대로 학생과는 좋아하는 관계였다는 사실을 확인할 수 있었다.

또한 모텔에 간 것도 사실이었다.

하필이면 학교에서 멀리 떨어지지도 않은 근처의 가까운 곳이었다.

"그 친구와는 언제부터 친했어?"

"지난번 체험학습 갔을 때입니다."

"그 반 학생 맞지?"

"네."

"어떻게 해서?"

"자기 자신을 비관하던 아이라 상담을 하면서 어렸을 때 저와 비슷한 처지여서 학생의 야야기를 들어 주며 아울러 마음의 용기와 위로를 해 주었습니다.

그리고 체험학습의 산행에서 그 친구의 학교생활과 아르바이트를 하는 등의 집안 사정까지의 이야기를 주고받으면서 친해졌어요."

"모텔은 누가 가자고 제안을 했어?"

"그 친구가 힘들고 어디 쉴 때도 없다고 해서요."

"그럼, 선생님이 먼저 가자 했다고 적어도 되겠어?"

"네."

"지금 우리가 하고 있는 질문과 답변 모두 법적인 효력을 발휘하는 진술서야.

잘 생각하고 답변해야 돼."

성욱은 틀어 놓았던 녹음기를 잠시 껐다.

그래도 얼마 되지 않은 젊은 교사의 아프면서도 철없는 행동이 아무리 미울지라도 그의 앞날이 걱정되었다.

그래서 조금은 덜 다치도록 해야겠다는 마음을 써 주고는 다시 녹음기를 켰다.

교사는 성욱의 그런 의도를 알아차렸는지 자신의 행동에 후회를 하면서도 고맙다는 듯 말없이 고개를 숙였다.

"그 친구는 집안사정이 안 좋은 데다 어디 마음 둘 곳이 없었던 모양이네.

모텔 가서는 별일 없었지?"

"네, 아프다 해서 다리를 주물러 주고 안아만 주었어요."

성욱은 더 이상 깊게 묻지를 않았다.

설사 그들이 그 이상의 신체접촉을 했어도 '키스하고 포옹도하고 그 이상의 신체접촉을 안 했어?' 하고 꼬치꼬치 캐물어서 전혀 예상치 못한 엉뚱한 대답이 나온다면 더 심각한 문제의 발생소지가 있을 것 같아서였다.

그렇게 되면 나중에 혹시라도 감사를 받았을 때 감사관이 물으면 자신이 알고 있는 사실을 말하지 않으면 거짓 증언으로 위법이 될 여지가 있기 때문이기도 했지만 무엇보다도 학생과 젊은 교사를 보호해야 된다는 생각에서였다.

모텔에 간 그 아이와도 이야기해 보았다.

"너에게 벌어진 지금의 이 일을 부모님께서도 알고 계시니?"

"선생님, 저는 만 14세가 넘은 성인이에요.

그리고 제가 선생님 좋아하는 것이 죄는 아니잖아요?"

아이는 아마도 수업시간에 배웠던지 아니면 인터넷에서 터득을 했는지 형법상의 성인으로 인정하는 나이를 알고 있었다.

성욱은 여려 보이면서도 당돌하게 말하고, 아직은 세상 물정을 모르는 철부지인 것 같은 학생을 찬찬히 응시했다.

170에는 못 미칠 듯하면서도 늘씬한 데다 매서운 눈매이긴 하지만, 보기만 하면 누가 보아도 예뻐할 그런 상이었다.

교복만 안 입었다면 누구나 사회인이라 해도 속아 넘어가는 데는 방법이 없겠다 싶었다.

아마도 그 친구는 형법상으로 성인은 맞지만 그보다 특별법인 청소년보호법에서의 19세 미만, 아동학대 방지법에서의 18세 미만의 나이는 아동에 해당되며, 또한 그 법이 특별법이기 때문에 특별법우선의 원칙에 의거 형법보다 우선적으로 적용받는다는 사실은 모르고 있었던 것 같았다.

"선생님 좋아한다고 잘못일 수는 없지.

너만 한 나이 때 한 번쯤 선생님 좋아했던 친구들 많지.

나도 그랬으니까.

하지만 네가 선생님과 같이 엉뚱한 곳을 갔으니 그게 문제지. 그렇지 않아?"

아이는 무슨 말을 하려다 잠시 머뭇거렸다.

그러고는 하염없이 눈물을 쏟더니 엉엉 울기 시작했다.

성욱은 갑작스러운 학생의 행동에 잠시 당황했다.

그러고는 조용히 주머니에서 손수건을 꺼내 아이에게 주었다.

아이는 눈물을 닦으면서 훌쩍거렸다.

"선생님, 죄송해요.

그날은 아침부터 엄마, 아빠가 싸워서 어디 갈 데가 없었어요.

집에 있는 그릇들이 날아다니다 깨지는 소리에 엄마는 울부짖고 아빠는 술에 취해서 계속 욕을 하면서 엄마를 때렸어요.

그래서 싸움을 말리다 아빠한테 맞았어요.

전 하루 이틀도 아니고 이제는 그런 싸움에 넌더리가 났어요.

그래서 울면서 선생님께 전화를 드렸어요.

그리고… 흑흑흑."

조용한 학살

학생은 자신의 처지에 복받쳤는지 어미 잃은 사슴 같은 눈 망울에서 슬픔이 흘러내렸다.

그러고는 이만호 학생부장과 성욱에게 양해를 구하더니 교복 윗저고리를 벗었다.

이틀이 지났는데도 어깨와 팔 윗부분의 하야면서도 여린 피부에는 무엇으로 쳤는지 채 아직 아물지 않은 상처가 장마철 아스팔트도로 바닥이 군데군데 썰려 나간 자국처럼 나 있었다.

그걸 본 성욱은 잠시 나갔다 들어오더니 연고와 일회용 밴드를 가지고 왔다.

"마침 연고가 있는데 내가 발라 줘도 되겠니?"

성욱은 아이의 의향을 물었다.

"괜찮겠어?"

이만호 선생도 딸 같은 학생에게 물었다.

"네, 고맙습니다."

성욱은 조심스레 면봉으로 연고를 발라 주고는 넓은 밴드를 붙여 주었다.

야무지다 못해 당돌하기까지 했던 아이는 어디 갔나 싶을 정도로 옷을 입으면서도 흐느꼈다.

옆에서 지켜보던 이만호는 같이 지낸 지가 오래되기도 했지만 성욱의 지금 같은 따뜻한 인간성 때문에 그를 좋아했고 형님처럼 여겼다.

성욱은 그 학생이 좋지 않은 환경을 좋은 방법으로 극복했으면 하는 안타까움에 잠시 눈을 감았다.

저토록 야무진 아이가 화목한 가정의 관심 많은 부모의 울타리 속에서 학교생활을 했다면, 아마도 지금보다는 훨씬 더 아름답고도 예쁜 추억으로 인생의 한 페이지를 장식했을 것이다.

또한 그런 가운데서도 젊은 시절의 촉망받을 장래를 위하여 자기계발을 하면서 공부까지 열심히 매진했다면 어땠을까 하는 막연한 가정에 가슴이 미어졌다.

비록 가정이 어렵더라도 담임의 손길이 할머니 손길같이 따뜻하면서도 올바른 방향으로 이끌어 주었으면 참으로 좋지 않았을까 하는 아쉬움에 그도 모르는 눈물이 고였다.

"체험학습 갔다 왔으면 바로 그때가 시험이었는데 시험문제는 어떻게 했어?"

성욱은 알려 주었느냐고 차마 묻지 못하고 그가 스스로 말하도록 물었다.

"아니요, 그는 농구를 하다 만 아이이기 때문에 공부엔 관심이 없을 뿐더러 저도 그것만큼은 하지 않았습니다."

"그것은 그나마 다행이네."

조용한 학살

성욱은 교육자로서의 넘지 않아야 될 선을 이미 넘은 상태에서 설령 성적에 관심이 있었어도 그것마저 해서는 절대 안 되는 일이라고 일러 주었다.

"교감 선생님, 아무리 아이와 좋은 감정이 있었어도 그러지 말았어야 했는데 그만…."

그는 말을 채 끝내지 못한 채 후회의 눈물을 흘렸다.

"잘못된 것은 분명 잘못된 거야. 용서해 줄 게 있고 없는 게 있어.

그런데 선생님은 분명 법적으로 잘못됐고 더더욱 교사로서 있어서도 안 되는 있을 수 없는 행동을 한 거야."

그러면서도 성욱은 이미 엎질러진 물로 그 행동은 밉지만, 그럼에도 안타까운 마음이 앞서 젊은 교사를 위로해 주었다.

성욱은 교사의 자술서를 근거로 6하 원칙에 의거한 사실 확인의 질문서를 첨부하여 학생부장인 만호와 교장에게 보여 주었다.

이 사건의 문제는 아동학대 및 성추행의 문제, 시험문제 유출 가능성에 의한 교육청 보고와 여성가족부 및 경찰서에 신고를 해야 하는 등의 의무가 있었다.

또한 학생의 부모에게도 즉시 알려 줘야 할 학교의 의무가 있다고 교장에게 말했다.

"교감 선생님, 그리고 학생부장, 이 사건에 관한 모든 것은 내가 책임질 터이니 좀 더 그 추이를 살펴본 후, 그 이후에도 늦지 않으니 아직은 아무에게도 발설하지 마시오.

그리고 꼭 현재의 비밀을 함구하시기를 바랍니다."

교장은 단호했다.

아무래도 여태껏 그의 교육적 경험이 지금의 판단을 내린 작용이 되었을 것이었다.

"교장 선생님, 여태 하시는 일에 토를 단 적이 없습니다.

그리고 대부분 옳은 판단을 하셨고요. 하지만 이번만큼은 잘못된 판단을 하신 것 같습니다.

이것은 학부모를 불러 꼭 알려야 함과 동시에 경찰에게도 알리어 당연히 수사의뢰가 되어야 하는 부분입니다.

민원을 넣은 사람도 어쩌면 미성년자 아동 착취에 해당될 수 있는 문제이기 때문입니다."

성욱은 간곡히 교장이 했던 주장을 바꾸도록 요청했다.

"아울러 지금 당장 교육청 및 경찰서, 여성가족부와 이사장님께도 보고를 드려야 합니다."

학생부장인 만호도 예전의 사례를 들어 가며 이야기했다.

"글쎄, 그럼 교육청에만 보고를 하고 3, 4일만 더 추이를 봅시다.

조용한 학살

다시 한 번 말하지만 선생님들의 비밀 유지를 요청 드리며 내 지시를 꼭 지켜 주시기 바랍니다."

교장은 그의 생각이 이 상황의 정답인 듯했다.

성욱과 만호는 아침저녁으로 교장을 찾아갔다.

이렇게 해서는 안 되고 빨리 부모를 불러서 그들 입회하에 학생의 진술도 받아 민원인과도 접촉을 해서 알고 있는 사실이 얼마나 많은 사실적 내용들을 담고 있는지를 파악하자며 생각을 바꿀 것을 요청했지만 번번이 묵살되었다.

하지만 결국 완강했던 학교장을 겨우 설득하여 부모에게 통보를 하고 학교에 오라고 하여 자초지종을 이야기했다.

60을 훌쩍 넘긴 아버지라는 사람은 흰 머리를 길게 늘어뜨린 모습으로 애미, 애비도 몰라보는 낮술을 먹은 것 같았다.

그러고는 '아이가 좋아하는데' 하는 등의 전혀 엉뚱한 말로 횡설수설해 댔다.

성욱과 만호는 저 사람이 학생의 아버지가 맞나 싶었다.

학생이 좋아서 모텔을 갔든 아니든 간에 교사는 학생을 말리면서 그 같은 행위를 거부하는 것이 일반적 상식일 뿐 아니라 법에서도 미성년자 보호 등의 위법한 행동에 대하여 학교와 교사를 상대로 민·형사상의 소송을 걸어도 재판의 승소는 불을 보듯 뻔한 이치였다.

이울러 그에 따른 정신적 피해 보상에 대한 위자료 청구를 할 경우에도 돈 액수의 차이일 뿐 학교와 교사는 그 금액을 줄 수밖에 없는 현실이었다.

그럼에도 학교는 사실의 은폐와 무마에만 급급했고, 무지한 부모는 그런 경우는 생각지도 못했던 모양이었다.

어머니도 전화상으로 일이 바쁘다는 핑계로 더 이상의 관심도 없었다.

아마도 관심이 없거나 또는 소통이 어려운 다문화 가족관계이거나 인지 능력이 부족한 사람들 같아서 아이가 사랑을 받을 수 없었던 느낌에, 한 아이의 부모로서 성욱도 슬펐다.

그저 아이만 낳았다고 모두 부모가 되는 것은 아니며, 아이에게 돈만 쏟아부었다고 부모의 역할을 다했다고 볼 수도 없다. 거기엔 반드시 아이에 대한 사랑이 전제되어야 한다.

그는 부모의 관심과 사랑 없는 현실에서 선 넘은 사랑을 할 수밖에 없었던 학생의 마음이 자신의 마음에서 떠나질 않고 짓눌려 있음에 몹시도 괴로웠다.

그런 일이 있은 지 며칠이 지나자 결국은 인터넷과 지방지 신문에도 실렸고, 중앙매스컴에서도 방송되는 등 그 사건은 홍수의 봇물처럼 걷잡을 수 없게 되고 말았다.

결국 이사장도 알게 되었다. 급하면서도 다혈질적인 이사장은 사무실 천장이 안 뚫어지는 것이 다행일 정도로 화를 많이 냈다.

언젠가 학교 체육대회가 열리는 날이었다.

아이들에게는 1년 중 가장 큰 행사가 체육대회와 학교축제였다.

그것을 위해서 거의 한 달 이상을 수업이 끝나면 행사 준비에 매달릴 정도로 설이나 추석의 명절 그 어떠한 날보다도 더 중요한 날이었다.

학생들의 행사에 쓰일 도구들이 교무실에 널브러져 있었고 평소에도 교무실 정리, 정돈이 되어 있지 않은 지저분한 상태였다.

가끔씩 들러 본 교무실이 그날따라 마음에 안 들었던 모양이었다.

당장 교무실 정리, 정돈하라는 불호령이 떨어졌다.

교사들은 축제보다는 그 일을 신경 쓰느라 아이들 행사를 보고 지도할 겨를이 없었다.

그런 데다 설상가상으로 소나기가 갑작스레 내려 행사가 엉망이 된 적이 있었다.

결국은 행사가 중단되었다.

그리도 힘들게 준비를 했던 아이들의 일부는 그 속상함에 엉엉 울면서 눈물을 흘렸던 적이 있었다.

뿐만 아니라 방과 후에는 아마도 주변의 친함이 있는 교사들을 불러내고, 술자리에서도 이 새끼, 저 새끼 같은 쌍욕을 서슴없이 한다는 이야기도 들었다.

이런 일들에서 그의 단면적인 성격을 잘 드러내고 있었다.

결국, 사건 관련 담당기관에 알렸다.

동시에 그 교사를 직위해제 하였다.

그러고는 '왜 이제야 보고를 했느냐' 등의 질책이 이사장의 성격대로 전쟁터의 총알처럼 날아 다녔다.

경찰서는 경찰서대로 자세한 신고를 하지 않았다고 질책성 발언을 서슴지 않는 등의 이런저런 좋지 못한 소리를 만호와 성욱이 모든 것을 오롯이 감내해야만 했다.

그 후 교육청에서도 감사를 하겠다는 통보서가 날아오고야 말았다.

일주일의 시차를 두고서 성욱과 만호는 아침마다 교장실로 불려가 그의 말을 들었다.

말인즉 본인은 잘하려고 그랬지 은폐하기 위해서 그런 것이 아니었다는 것이었다.

"형님, 교장이 하루가 멀다 하고 아침마다 불러서 저렇게 말하는데 우리 어떻게 해요?"

조용한 학살

만호는 사실대로 이야기를 하지 않으면 우리가 독박을 쓰게 생겼다며 난감해했다.

성욱은 고민했다.

지난번 학교 무박행사의 성추행 사건도 학교장의 말만 믿다가 둘이서 발등을 찍혔는데 이제 또 그럴 순 없다고 생각했다.

만호를 보호하는 차원에서 성욱 자신만이 처벌을 받을 수만 있다면 더 많은 고민을 해 보겠는데, 이 문제는 숨기고 뒤집어쓴다고 처벌을 면할 일이 아니라고 판단했다.

"만호, 만약 나만 처벌 받고 당신이 처벌받지 않는다면 그래 보기라도 하겠지만, 우리는 직접적으로 모든 것을 조사하고, 보고하는 라인에 있기 때문에 내가 처벌 받는 순간에 당신도 같은 처벌을 면할 수 없어."

그러니 이번만큼은 사실대로 말해야 한다고 간곡히 타일렀다.

공고된 날짜에 감사가 나왔다.

성욱은 세 사람의 감사관 앞에서 조사를 받았다.

벌써 5시간 동안 묻고 답하고, 또 똑같이 되묻곤 하는 터널의 끝이 보이지 않았다.

한 사람은 조사지 작성을 하고 두 사람은 번갈아 가면서 성욱에게 질문을 하였다.

성욱도 그간의 경험상 감사를 받을 수도 있다는 것을 염두에 두고 나름 그의 수첩에 사건일자의 시간별로 모든 것을 상세히 기록을 해 두었던 것이 많은 도움이 되었다.

"이런 사건이 터지면 이유야 어찌되었든 간에 학교폭력방지법 및 아동학대방지법이 있고, 교감 선생님은 신고의무의 직접적 라인에 있었음에도 불구하고 늑장보고를 한 것은 어떻게든 은폐·축소하려는 의도가 다분히 있다 생각되는데 어떻게 생각하십니까?"

"맞는 말씀입니다. 학생부장은 어떻게 말했는지 모르지만 그와 저는 3일 동안 교장에게 법에 저촉되지 않도록 신고를 함과 동시에 미성년자인 학생을 보호하는 것이 첫째 임무이니 빨리 학부모와 알려야 될 기관에 사건보고를 해야 한다고 말씀드렸습니다.

그리고 허락해 달라고 했습니다.

그때마다 학교장은 번번이 본인이 알아서 모든 것을 책임질 것이니 그냥 있어라 했습니다."

성욱도 있는 사실 그대로 말했다.

여기서 만약에 거짓말을 해서 견책 이상의 처벌이 나온다면 여태 자신이 쌓아 왔던 교육관에 그 자신의 정체성이 무

조용한 학살

너질 것이 뻔했다.

그러면서도 그 자신이 감당을 못 해 다시는 학교에 있고 싶은 생각이 없을 것이라는 괴로움이었다.

뿐만 아니라 성과급은 물론 보너스와 연금 등의 많은 피해가 예견되었지만 무엇보다도 진실을 말하는 것이 옳다고 여겨졌다.

그러면서도 후배 만호를 살리면서도 무엇보다도 정직하게 살아온 자신을 버리고 싶지 않았다.

그는 잠시 눈을 감았다.

감사관의 반박이 있었다.

"상급자가 법에 위반되는 지시를 내렸다면 복종을 거부할 권리가 있지 않나요?"

"공립학교에서는 모두가 그렇게 합니까?

학교장과 교사의 의견도 다르고 해석 나름의 위법경계선에 있을 때, 학교장 무시하고 교사의 의견대로 한다면 학교장과 국가는 단 한 번이라도 너 참 잘했다고 상을 주던가요?

더구나 사립학교에서는 학교장의 권위가 공립에서처럼 합리적으로 해 왔던가요?

모든 사립이 다 그런 것은 아니지만 교사들의 갈등은 어떻던가요?

사립에서는 학교장의 말이 공립보다 더 심한 법임을 감사관님들은 모른다고 하실 건가요?"

성욱도 평소 가진 소신을 그대로 이야기했다.

그러면서 감사관이 언급했던 그 부분은 동의할 수 없다고 했다.

그리고 학교장이 책임진다고 했는지 아닌지가 의문스럽다면 직접 확인해 보라는 말도 잊지 않았다.

감사관의 질문과 성욱의 답변에 의해 작성된 진술서에 대한 그의 확인이 있고 난 후, 점심도 거른 채 오후 3시가 지나서야 끝이 났다.

그 사건에 대한 감사가 진행된 후 한 달이 지나서 성욱을 포함한 세 사람 모두 교육청으로부터 불문 경고의 징계 아닌 징계를 받았다.

다만 다른 여타의 상위 징계를 받을 경우는 각종 보너스와 성과금 배재, 연금 등에서의 문제가 있지만 이 징계는 징계 중 가장 낮은 형식적인 징계였기 때문이다.

실제로 이 정도의 사실적인 내용이었으면 학교장은 완전 해임 내지는 파면이어도 지나치지 않았었다.

그런데 이런 결과가 났다면 누군가의 보이지 않는 손이 존재하지 않고서는 도저히 있을 수 없는 일이었다.

조용한 학살

이 일로 학교는 한동안 어수선했다.

그 후, 직접적인 다툼은 없었을지라도 학교장이 성욱에게 보이지 않는 칼날을 번쩍이고 있었음은 말할 나위도 없었다.

병실 창문 밖의 하늘에서 반짝이는 수많은 별들이 자신들의 밝기를 뽐내느라 수다를 떨고 있는 시끄러움에 성욱은 창문 블라인더를 내리고는 눈을 감았다.

성욱은 일반병실로 들어온 지 이틀 만에 병실을 나왔다.

그가 병원에 있었던 사이에도 말 많고 탈 많은 학교는 결코 안녕하지 않았다.

아니, 합리성도 책임성도 장래성도 없는 그런 학교는 아이들과 열심히 하려는 교사들만 불쌍하고 안타깝지 결코 안녕할 수가 없는 것이 당연한 일이다. 그럼에도 만약 안녕하다면 그것이 오히려 이상할 정도였다.

제2장

잃어버린 정

음모의 광기로 삶에 지쳐서 내가 죽을 것만 같다.

공정과 정의를 내팽개친 그들은
마치 얼마 안 가서 버려질
고장 난 시계처럼 살고 있었다.

성욱은 학교에 출근했다.

학교의 풍경과는 전혀 어울리지 않는 경찰차가 와 있었다.

그가 교무실에 들어섰다.

"이제 좀 괜찮으셔요? 좀 쉬셔야 하는 것 아닌가요?"

교사들은 살갑게 인사를 주고받으면서도 평소와는 달리 무거운 분위기였다.

그는 웃으며 걱정해 주셔서 고맙다는 인사를 했다.

"교감 선생님, 학교에 큰일 났어요."

평소에 이것저것 살뜰히 챙기는 실무사 선생의 말이었다.

"뭔데?"

그는 자리에서 일어나 그녀와 얼굴을 마주했다.

"휴직한 조민시 교사가 실종됐대요."

"그래서 경찰차가 아침부터 학교에 들어온 거군."

"네, 맞아요."

그녀는 심각한 표정을 지으며 그녀의 자리로 되돌아갔다.

조용한 학살

성욱은 만호에게 전화를 했다.

몇 번의 신호음이 울려도 무엇이 그리도 바쁜지 전화를 받지 않았다.

잠시 있으니 교장실에서 전화가 왔다.

교장실로 오라는 지시였다.

안 그래도 퇴원했다고 인사를 하러 갈 참이었는데, 마침 잘됐다 싶었다.

그는 교장에게 목례로만 인사를 하고는 만호를 바라보았다.

학생부장인 만호가 눈인사를 했다.

또한 처음 보는 두 사람도 있었다.

"불행하게도 우리학교에 근무하시던 조민시 선생의 실종 신고가 경찰에 접수되어 이렇게 긴급회의를 소집하게 되었습니다."

교장은 외지인으로 보이던 두 사람을 실종된 조민시의 부모라며 소개를 해 주었다.

"교감 선생님께서 조 교사의 실종에 대한 대책반과 대외적인 언론 매체의 담당을 맡아 주셨으면 합니다."

교장은 성욱을 보면서 말했다.

"교장 선생님, 저는 지금 몸이 아픈 상태입니다.

더구나 조민시 선생과는 지금 고소로 인한 당사자로서 제

척사유가 되니 맡지 않아야 될 것 같습니다."

성욱은 낮은 어조로 조심스레 이야기했다.

순간 마주 앉은 교장의 미간이 일그러졌다.

성욱은 교장의 얼굴이 왜 찌그러졌는지 그 이유를 짐작하고는 속으로의 말할 수 없는 미소가 흐르면서 웃음이 터졌다.

그것은 자신이 지시하는 일들을 언제나 아바타처럼 수족으로서 있어야 할 머슴 내지는 비서가 사라졌다는 것을 의미했다.

이제는 그동안 잘 보였던 법인의 보고문제뿐만 아니라 사사로운 문제에 대한 대내외적인 미디어 문제, 교육청 및 경찰에 대한 답변 등의 모든 것 하나하나를 본인이 직접 주도하여 행할 수밖에 없는 처지에 놓였기 때문이었다.

성욱은 지난번 학교에서의 있었던 불미스런 몇 가지 사건의 해결을 함에 있어서 너무나도 똑똑히 학습경험을 통하여 알았던 그의 정체성과 해결 능력을 통한 끔찍스러운 기억을 아직도 잊을 수가 없었다.

"교무는 어디로 갔습니까?"

성욱이 물었다.

"아, 교무는 조민시 선생이 실종되던 마지막 날 같이 있었기 때문에 경찰과 면담을 하고 있는 관계로 참석을 못 했습니다."

한숨 섞인 교장의 맥없는 말이었다.

하지만 그는 조민시와 임파 교무 사이에 어떤 일이 있었는지는 대강 알고 있는 것 같기도 했다.

"교장 선생님, 저희도 임파 교무 선생님과 제 딸아이 사이에 무슨 일이 있었는지 만나서 이야기해 보고 싶습니다."

조 교사의 어머니가 풀죽은 목소리로 말하면서도 답답해 보였다.

그랬다.

조 선생은 부모로부터 떨어져 혼자 살고 있었다.

성욱과의 소송 이후 무슨 일인지 출근 때마다 교무가 자신의 자동차로 카풀을 해서 그녀를 태우고 다녔다.

어쩌면 교장, 교무, 조 선생, 그 이외의 목격자들을 비롯한 몇몇이 법인 이사장의 사주를 받고 있는 한패였을 것이라는 추측을 하지 않을 수 없었다.

오늘날, 사회 또는 어느 조직에서도 그런 관계로 얽혀 있지 않는 곳이 없었다.

정치부터 조폭의 세계까지 모두가 얽혀 있는 것이 오늘의 사회요, 특히 지연, 혈연, 학연 심지어 종교의 인연까지 거들먹거리며 거미줄처럼 얽혀 있는 우리의 고질적인 병폐가 학교라고 예외일 수 없었다.

이제는 엷어지지 않았냐는 물음에는 아직도 동의할 수가 없을 것 같았다.

그래도 아이들을 교육하는 학교만큼은 그런 곳이 아니어야 했다.

하지만 성욱이 그토록 철저하게 도리질을 당하고 있는 이곳이 학교였고 이러한 학교 역시 불행하게도 그러질 못한 것 같았다.

성욱은 교장을 대하는 태도에 있어서는 항상 존중하고 고분고분했다.

그것은 상사에 대한 예의로서 그러했지만 성격상으로도 그의 예절만큼은 깍듯했다.

그러나 공립에서는 있어서도 안 되고 있을 수도 없는 상사를 무시하는 그런 태도들이 지금 여기서는 교무 등의 교장파로부터 수없이 당하고 있었다.

예를 들면 성욱이 알아야 될 전자문서에서 그가 보지 못하도록 비공개로 전환하는 일들을 그들로부터 몇 차례 당하고 나서야 그 실체들을 알 수 있었다.

"제 마음 같아서야 부모님의 궁금함을 얼른 풀어 드리고 싶습니다.

하지만 아직 저도 어떻게 된 사정인지 자세히 알 수 없기에

조용한 학살

경찰관으로부터 이야기를 들어 보고 알려 드리겠습니다.

조금만 참고 기다리시기 바랍니다."

교장의 단호한 답변에 조 선생의 부모는 더 이상의 요구를 하지 않았다.

그러면서도 잘 부탁드린다는 인사를 하고는 침울한 표정으로 돌아갔다.

"이제 몸은 좀 괜찮으십니까? 어제 퇴원하셨는데 이런 일이 생겨서 원⋯."

교장은 성욱을 바라보며 방송 멘트처럼 입에 붙은 말을 했다.

그만큼 그의 말에는 진정성이 없어 보였다.

그렇다.

적이 걱정스러워 묻는 말이 아니라는 것을 적어도 성욱은 그의 표정만으로도 알 수 있었다.

그렇다고 성욱이 무슨 독심술이나 남을 잘 꿰뚫어 보는 심령술사의 기질이 있어서는 결코 아니었다.

단지 그와는 적어도 20여 년 이상을 같은 직장에서 보아 왔다.

그래서 그가 쓰는 말의 표현만으로도 대강은 알 수 있었다.

오히려 그 부분에 있어서 그는 성욱보다 겉보기에는 한없이 너그러운 폼으로 달팽이 기어가듯 느리게 말을 했다.

그러면서도 선한모습으로 웃어 보이면서 모사꾼에 가까운 음흉스러움이 익히 더 많음을 알았을 때, 때로는 그러지 못하는 성욱 그 자신이 부러워할 때도 있었다.

그와 반대로 성욱은 고지식할 정도로 정직해서 그가 만약 어떤 거짓말을 한다면 얼굴색이 달라질 정도로 누구나 쉽게 짐작할 수 있었다.

어렸을 때도, 때로는 어른이 된 지금까지도 가끔은 융통성이 없다는 말을 듣는 처지였다.

여하튼 자고 나니 유명해졌다는 말과는 달리 며칠을 비운 학교에 오니, 그동안 곪아 가던 일들이 결국은 마치 홍수로 저수지 둑이 터져 물이 걸어서 나오는 모양새가 되고 말았다.

성욱은 교장실을 나왔다.

만호는 수업이 있다며 빠르게 기어가는 바퀴벌레처럼 사무실로 사라졌다.

얼마 후, 그의 옆자리에 있던 교무는 경찰과의 면담이 끝났는지 잠깐 무엇인가를 찾는 양 부산함을 떨었다.

그러고는 장마철 먹구름 같은 표정을 지으며 교무수첩을 들고 쏜살같이 교무실을 빠져나갔다.

성욱은 아마도 그가 교장실을 간 것이라고 짐작하면서도 왠지 모를 쓴웃음의 그림자를 지울 수가 없었다.

조용한 학살

조금 있으니 폰이 울렸다.

"여보세요? 장성욱입니다."

"교감 선생님이세요?"

"네, 그렇습니다만 누구시죠?"

"네, 저는 조민시 교사의 실종사건을 담당하고 있는 형사 원종완입니다.

좀 뵈었으면 해서요."

"어디로 갈까요? 이곳은 학부모운영위원회의실이라는 팻말이 붙어 있네요."

"네, 잘 압니다. 제가 지금 그리로 가죠."

그곳은 학교운영위원회회의를 하는 곳이지만 대개는 위원회를 교장실에서 하는 관계로 학부모 대기실로 쓰기도 했다.

또한 보안을 유지할 업무가 있거나 또는 여러 가지 용도로 쓰이는 곳이기도 했다.

문을 열고 들어서자 경찰관 2명이 앉아 있었다.

"원래는 경찰서에 오셔야 하지만 여러 번거로움도 있고, 아직은 조민시 선생이 단순 실종의 상태입니다.

그래서 참고사항으로 교장 선생님께서 허락하시고, 또한 학교 수업이 있는 관계로 겸사겸사해서 이곳에서 몇 가지 여쭈어볼 질문사항이 있어서 왔습니다."

그들 중 한 명이 조심스레 말했다.

"잘 알겠습니다.

저도 병원에 입원해 있다 오늘 처음 출근을 하였습니다."

"아, 그러셨군요. 아직 몸도 성치 않으셨을 텐데 아무튼 죄송하게 되었습니다."

그는 매우 미안한 듯 조심스럽게 말을 했다.

"조 교사의 학교생활은 전반적으로 어떠했습니까?"

"네, 제가 개인정보의 문제도 있고 해서 자세히 알려 드릴 수 있는 사항이 아닙니다. 하지만 일반적인 것만 말씀드리자면 내성적인 성격으로 교내의 선생님들과는 잘 어울리지 않았습니다."

"그럼 아주 친하다거나 개인 신상을 의논을 할 수 있는 사람으로 혹시 짐작 가시는 분이 있을까요?"

"예전엔 제게 가끔 고충도 털어놓으면 선배교사로서 의논도 해 주고 그랬습니다.

하지만 그 일이 있고 나서는 그러지 않았습니다."

"그 일이라 함은?"

"네, 조 선생과 저는 가해 및 피해 관계인으로서 지금 경찰 조사를 받고 소송이 진행 중에 있습니다."

"아, 그렇군요."

조용한 학살

"그러면 선생님께 그분의 신상을 물어서도 안 되겠네요."

경찰관들은 성욱에게 더 이상의 질문을 하지 않고 갔다.

성욱은 왜, 어떤 것이 궁금해서 경찰이 학교를 방문하였는지를 대강은 짐작이 갔다.

조 선생의 인간관계뿐만 아니라 그녀에 대하여 이것저것 묻고 싶은 것에 대하여 그래도 원하는 해답을 줄 수 있는 위치에 있는 것은 지금 현재로선 성욱밖에 없었다.

그런데 그마저도 그녀와 소송관계에 있었기 때문에 서로의 조심스러움을 먼저 비쳐서 경찰관들은 알고자 했던 성과가 없었다.

임 교무는 병든 닭처럼 낙담한 채 자신의 의자에 앉아 있었다.

성욱은 자신의 자리로 오다 그를 스캔하듯이 힐끔 쳐다보았다.

금방이라도 갑자기 비를 퍼부을 하늘처럼 일그러진 그의 얼굴에서 똥 마려운 개처럼 끙끙대며 안절부절못하는 모습을 읽을 수가 있었다.

성욱은 경찰이 그와도 면담을 한 것을 보면 조 선생의 실종 사건에 무엇인가의 크든 작든 간에 실오라기 같은 연관성이라도 분명 있다는 것을 짐작할 수 있었다.

얼마 전의 일이었다.

장대비가 온 지 며칠 되지 않아서였는지 누에항 마리나 공원은 초록의 잔디밭 틈으로 군데군데 개펄의 민낯을 드러내고 있었다.

"여기 있었네. 왜 보자고 했어?"

임 교무는 딱히 반갑지 않은 떨떠름한 표정으로 조민시와 마주했다.

"아니, 임 교무부장님, '왜 보자고 했냐?'보다는 '잘 있었어?' 라든지 '그동안 어떻게 뭘 하고 지냈어?' 하는 안부부터 묻는 것이 인간적 도리 아닌가요?"

그녀는 못마땅하다는 듯 오늘따라 그에게 전투적으로 따져 물었다.

"아, 미안. 내가 잘못했어. 그래, 어떻게 지내?"

그들은 수변공원에서 임파가 사 가지고 온 소주와 맥주를 섞어서 서로의 종이컵 잔에 따라 주면서 마른 오징어 한 자락을 씹었다. 그러고는 누가 먼저랄 것도 없이 컵에 담긴 소맥을 마셨다.

내일 전쟁이 나기라도 하는 예고처럼 오늘은 술을 꼭 마셔야 될 듯이 계속 이어졌다.

그는 조 선생의 경직된 얼굴을 보면서 무엇인가 할 말이 있

조용한 학살

을 것 같다는 짐작을 하는 데는 그리 어렵지 않았다.

"그래, 이번엔 첫 번째 병가가 아니어서 휴직비용이 나오지 않을 텐데.

생활비는 어떻게 충당을 하고 있어?"

임파는 조민시가 부모와 등진 채 왕래를 하고 있지 않음을 알고 있었다.

그런 데다 집도 없이 원룸에서 생활하고 있음을 알고 있었기에 걱정에 궁금함을 더하여 물었다.

그의 물음에도 조 교사는 묵묵부답으로 한동안 말이 없다 긴 한숨을 내쉬며 말을 이었다.

"그러게요, 왜 매달 주기로 한 약속 이행을 안 하는지 모르겠네요.

돈도 떨어져서 할 것도 못 하고 살기도 어렵구만요."

"그것은 이사장과 교장이 하기로 한 것 아니었어?"

"그러게요. 약속을 잘 안 지키시네요.

엊그제 검찰청 갔다 왔는데 너무 많이 힘들었어요.

그리고 이제는 내 일들 아니라고 이렇게 관심도 없이 손 놓고 있으면 어떻게 하죠?"

사실 그 부분에서는 임 교무 역시 많은 스트레스를 받고 있었다.

처음에 시작된 이사장의 말과는 달리 예상 외로 성욱 쪽에서는 쉽사리 소 취하를 위한 합의를 하지도 않았다.

그렇다고 직장을 그만둔 것은 더더군다나 아니었다.

그들이 생각했던 예상이 빗나가서 시간은 길어지고 일은 꼬이게 되었다.

사실 성욱은 이사장 쪽에서 명퇴를 시켜 준다면 그만둘 용의가 있다는 것을 이사장에게 내비치기도 했다.

그런데 이사장과 교장의 입장에서 성욱을 더 이상 옴짝달싹 못 하게 하려는 결정적인 것이 조 교사의 갑질 사건이었다.

그날따라 성욱은 교실 복도를 순회하다, 수업시간임에도 시끄러운 소리가 들려 유리창을 통하여 교실 안을 들여다보았다.

수업을 하고 있어야 할 교사는 어디에도 없었다.

아이들은 떠들다 못해 마치 쉬는 시간처럼 반질거리는 책상 위를 엉덩이로 미끄럼을 타듯 건너뛰면서 여기저기 돌아다녔다.

성욱은 문을 열고 교실 안으로 들어갔다.

시장바닥같이 아수라장이 됐던 교실은 쥐죽은 듯 갑자기 조용해졌다.

조용한 학살

"선생님 어디 가셨니?"

성욱은 아이들에게 물었다.

한 아이가 말없이 손가락으로 한 방향을 가리키고 있었다.

학생들 사이의 빈자리에서 엎드려 자던 조민시가 그때서야 고개를 들었다.

성욱은 수업시간이 끝나자 그녀를 불렀다.

"조 선생, 수업시간에 그러면 안 되잖아.

사고라도 나면 어쩌려고 그래?"

그는 조민시를 의자에 앉게 하고는 점잖게 나무랐다.

이 문제의 상황은 전혀 그럴 일이 아님에도 그녀에게는 오히려 모욕적으로 받아들여졌던 것 같았다.

"오늘 나가야 될 진도가 끝났어요.

그런데다 몸도 안 좋아서 잠깐 쉬고 있는데 너무하신 것 아니신가요?"

조민시는 따지듯이 대꾸했다.

"조 선생, 그런 답변보다는 잠시라도 학생 관리 안 된 부분에 죄송하다는 말부터 먼저 해야 되는 것 아닌가?

다음부터는 몸이 아프면 조퇴를 하시든 연가를 내시고 주의하시기를 부탁드립니다."

성욱도 더 이상 그 상태에서는 서로 대화가 어렵겠구나 싶어 그만두었다.

그런데 그녀는 그것을 교장에게 상사 갑질로 신고를 하였던 모양이었다.

이사장과 교장은 안 그래도 그를 이것저것 엮어서 한 개라도 족쇄를 더 채워야 쉽게 학교를 떠날 것이라고 생각을 했던 모양이었다.

까마귀 날자 배 떨어진다는 속담처럼 속사포로 법인징계위원회를 열었다.

위원회에서는 성욱에게 아직 확정되지도 않은 성추행으로 인한 2차 가해 등의 폭력행위와 갑질 사건을 엮어서 해임의 징계를 결정하였다.

학교법인의 공문 요청에 어찌된 영문인지 교육청도 즉각 같은 결정을 공문으로 확정하였다.

이에 성욱은 징계결정의 이의신청을 교육부 소청심사위원회에 청구하였다.

얼마 후, 그에게 소청심사위원회에 참석하라는 통보가 왔다.

성욱은 차를 몰아 세종시로 향했다.

가면서도 이런저런 생각으로 몇 번이나 신호등을 놓친 아찔한 순간들이 긴장하고 있었던 그를 각인시켜 주고 있었다.

징계 이의에 대한 위원회가 시작되었다.

조용한 학살

성욱은 두근거리는 마음으로 학교 측 법인변호사와 좀 떨어진 상태에서 나란히 소청심사위원들 앞에 앉았다.

그들은 변호사와 성욱에게 이름과 소속 등을 물었다.

그 후, 성욱에게는 단 한 마디도 묻질 않았다.

"법인 변호사 되시죠?"

"네, 그렇습니다."

"법인에서는 징계에 대한 이의신청이 들어왔는데 이 징계가 타당하다고 생각하십니까?"

"네, 징계절차에 하자는 없었습니다."

"그것을 묻자는 것이 아닙니다.

아이들이 떠들고 있는 교실에서 수업을 하거나 교실통제를 해야 할 교사가 학생들 사이에서 잠자는 모습을 보면 그냥 두어야 합니까?

아니면 깨워서 지적을 해야 합니까?"

위원의 되물음에 변호사는 묵묵부답이었다.

"오히려 이것은 학교 관리자들의 의무입니다.

교감은 자신의 장학지도 의무를 성실히 이행했습니다.

또한 최소한의 이런 장치라도 있어야 학교가 좀 더 정상적으로 유지되지 않겠습니까?

그런데 이것을 지적한 일로 징계를 받아야 할 교사는 갑질 신고를 하고, 법인은 옳다구나 해서 징계를 내리니 교감이 얼마나 미웠으면 그런 프레임을 씌워 징계를 줍니까?

　교감도 법인에서 승진을 시켜 준 것 아닌가요?

　그러면서 왜 또 일마저 못 하게 만드는 이유가 도대체 무엇인지 궁금하네요."

　한 위원은 법인의 행위에 칼날 같은 말을 쏟아부었다.

　그의 말에 기가 죽었는지 변호사는 눈뜬 붕어가 되어 말이 없었다.

　"반론의 말씀이 없으시다는 것은 징계 자체가 잘못됐다고 하는 제 말에 동의를 한다는 뜻으로 해석해도 된다는 말씀이죠?"

　한 위원의 거침없는 질책에 아무리 법을 잘 아는 변호사라도 잘못된 부분의 지적에 있어서는 속수무책이었다.

　"어떻게 법인에서는 20년이 넘도록 학교에 근무한 교감을 김장철 썩은 무 자르듯 그렇게 사람 관리를 합니까?"

　변호사와 행정실장은 아무런 답변도 없이 얼굴이 벌겋게 상기되어 굳은 표정을 하고 있었다.

　"하실 말씀 없으십니까?"

　위원은 법인 변호사를 보며 물었다.

　"네, 없습니다."

변호사는 책상 위에 펼쳐 놓았던 서류를 챙기어 빠르게 가방 속에 넣었다.

성욱은 소청심사위원회에 갈 때의 무거운 마음과는 달리 평소에도 안 하던 콧노래를 부르면서 차를 몰았다.

성욱이 부당한 징계에 대한 변론을 하려던 것을 오히려 위원회 위원들이 부당함을 다그쳤고 한술 더 떠 법인의 무능함까지 신랄한 비난을 여름날 장맛비처럼 퍼부었다.

위원회가 열리기까지 기다렸던 오랜 시간과는 달리 행정소청심사위원회가 열린 후 얼마 지나지 않아 무효결정의 공문이 즉각 학교로 왔다.

그 일이 있은 후, 성욱은 이따금씩 고민했던 명예퇴직을 이제는 오기로라도 하고 싶지 않았다.

그러면서도 일단 정년퇴직까지 버티면서 학교운영이든 사람으로 인한 잘못된 것을 개선해야겠다고 다짐을 했다.

행정심판 소청심사위에서 무효 결정이 났으니 성욱은 정신적 피해 보상과 명예훼손에 대한 무고죄로 다시 소송을 할지에 대한 고민을 했다.

그러나 많은 선생님들이 근무하는 학교를 먼저 생각했다.

무엇보다도 이건으로 겪은 지긋지긋한 고통의 경험 때문에 아무것도 진행을 않기로 마음을 먹었다.

그런 일이 있고 난 후로는 어디서 된통 얻어맞은 양 이사장이나 교장 측에서도 더 이상의 트집을 위한 별다른 반응을 보이지 않았다.

하지만 아직 많은 사회적 경험을 하지 않은 조민시는 그러질 못했다.

그녀는 다른 사람에 비해 성욱의 무혐의 결정으로 인한 심적 충격이 매우 컸다.

무엇보다도 다른 사람도 아닌 교감을 음해한 것도 모자라 갑질의 신고까지 벌인 일에 대해선 다른 선생님들의 보이지 않는 질타와 따가운 시선을 오롯이 감당하고 극복해 내기엔 그녀의 짧은 경력과 멘탈이 너무나도 초라했다.

성욱은 못 본 척하면서도 그녀를 힐끗 볼 때면, 애써 그의 시선을 피함은 물론 그녀의 심적 갈등으로 인해 불안해 보이는 행동들을 간간히 느낄 수 있었다.

아무래도 서로의 필요에 의해서 누가 사주를 한 일이든 아니든 간에 가장 직접적 타격과 정신적 충격을 받은 것은 조민시가 분명했기 때문이었다.

그녀는 성격상으로는 언제 어디서 어떻게 튈지 모르는 럭비공 같은 인물로 좀 별난 성격의 소유자였다.

그녀에게는 가깝게 지내는 여교사도 없을뿐더러 몰래 담

조용한 학살

배를 피우기도 하고 심지어 어떤 날은 머리가 헝클어진 채로 등교를 했다. 그러고서는 학교에서 머리를 감곤 했다.

그런 데다 교감을 상대로 이런 일까지 벌렸으니, 어느 강심장이라도 부담스럽지 않은 것이 오히려 이상할 정도였다.

그래서 그녀를 다른 사람들과의 접촉을 방지할 요량으로 임 교무가 주로 학교까지 등교시키는 일방적인 카풀을 하는 것을 보면 가히 짐작이 가는 대목이었다.

그녀는 왜 하필 그런 소용돌이에 휘감겼을까?

조민시는 방학 직전에 나름 자기계발을 해 보겠다고 갑자기 내려온 공문을 보고 교장의 허락 없이 부전공 연수를 신청했다.

하지만 이를 알게 된 교장이 큰소리로 노발대발하면서 화를 냈던 일이 있었다.

사실 방학 중 자신의 휴식 시간을 희생하면서 자기계발을 하는 것은 학교장이 관여할 일도, 화낼 일도 아니었다.

오히려 권장하고 격려를 해 주어야 할 입장이고 그게 맞았다.

또 하나는 그녀가 학기 중에 교과서에 기록을 남겨 그 기록 정도를 측정하여 평가를 하는 수행평가를 실시하였다.

수행평가 과제물 보관기간이 1년이지만, 현재 학생들이 그 교과서로 공부하기 때문에 책을 개인에게 돌려주어야만 했다.

그런데 그녀는 수행평가 보관물 유지를 하지 못했다.

그리고 그녀가 징계에 회부될 것이라는 소문을 들었다.

그녀는 넋 놓고 있다가 그대로 징계를 맞을 수는 없었다.

그녀는 수없이 고민에 고민을 하고, 가다가 돌아서고 하는 등의 몇 번을 망설인 끝에 교장의 집을 찾아갔다.

교장이 소파에 앉는 것을 보자 무릎을 꿇었다.

"교장 선생님, 제가 학교에서 선생님께 대든 무례함을 용서해 주십시오."

그녀는 두 손을 빌면서 용서를 했다.

"알기는 아는 모양이네."

교장은 그녀를 위부터 아래를 흘겨보며 비꼬듯이 툭 던졌다.

그녀는 지금 무엇이 잘못된 것이냐고 많은 물음을 가졌다.

하지만 여기에 온 이상, 교장에게 용서를 구하여 무엇보다도 징계를 피해야 하는 목적을 이루고 가야 한다고 마음을 몇 번이나 다독거렸다.

"네, 무조건 제가 잘못했습니다."

그녀는 다시 고개를 숙였다.

"그래, 조 선생이 잘못한 것은 알고 이러는 거지?"

그는 매서운 눈빛으로 무릎 꿇은 그녀를 그대로 둔 채 말했다.

조용한 학살

"네, 제 잘못을 인정합니다."

"진작부터 그럴 것이지. 그럼 일이 이렇게까지 되지 않았을 거 아니야."

"그럼 용서해 주신다는 말씀이신가요?"

"나로서도 생각을 좀 해 봐야겠어."

그는 미지근한 답변을 늘어놓았다.

"네, 알겠습니다. 그래도 용서해 주시고 잘 좀 부탁드립니다."

그녀는 무거운 발걸음으로 교장의 집을 나왔다.

혹시나 하는 기대로 기다렸지만 교장은 결국 이유 같지 않은 이유로 그녀를 징계에 회부시켰다.

그녀의 일은 교육청 감사나 학교의 감사의 결과로 이어진 징계가 아니었다.

정식 민원도 아닌 학교운영위원회를 열기 전, 어떤 운영위원이 교장과의 사소한 대화 속에 자기 아이의 수행평가 점수에 불만을 품은 한 학부모의 말로 야기되어 그런 사달이 났던 것이었다.

조 교사의 점수에는 이상이 없었지만 그 점수를 내게 된 근거의 과제물인 책이 없었던 것이었다.

그녀도 학생들이 계속 쓸 책이었다면 교과서의 기록을 복사본이나 사진을 찍어 남겼으면, 완벽했을 텐데 하는 아쉬움이 없는 것은 아니었다.

하지만 몇 달이 지난 결과를 가지고 공식적인 민원이 아님에도 단지 학교장의 지시 불이행과 수행평가 서류미비로 빌미가 되었다.

성욱은 그 징계에 대해 객관적인 판단에 의거한 간곡한 반대를 했다.

하지만 굳이 하려면 학교장 자체로 불문경고의 구두징계로도 할 수 있었던 교장은 부하직원에 대한 온정조차도 무시한 채 징계절차를 밟았다.

교장의 의지대로 학교인사위원회를 거쳐 법인징계위원회로 회부를 시키게 되었다.

그런데 무슨 일이 있었는지 법인으로 보냈던 조민시의 징계 건이 아무 일도 없었다는 듯이 회의록마저 말소한 후, 없는 일이 되어 버렸다.

'무슨 일이었을까?'

영문을 모르는 대부분의 교사들이 궁금해했다.

교감인 성욱조차도 모르긴 마찬가지였다.

조민시의 징계 건은 징계요건마저 갖추지 못한 사안에 성욱마저도 간곡한 만류를 했던 것이었다.

하지만 교장의 불같은 성정으로 올린 징계가 없었던 일로 되어 버렸다.

그 자체에 대해 교사들은 도저히 이해가 되질 않았다.

'차라리 그럴 것이었으면 하지를 말지, 되지도 않을 일을 해 놓고 망신살만 뻗쳤네.'

저마다 딱히 누구를 지칭하는 것은 아닐지라도 교사들은 그 일을 비아냥거렸다.

그 이후로 마주치면 눈빛마저 피해 다니던 조 교사는 뭔지 모를 자신감이 그녀의 몸에 배어 있었다.

아마도 이때부터 성욱과 조 교사와의 관계가 소원해졌지 싶었다.

그토록 표독스럽던 교장은 어느새 그녀를 살갑게 대하는 웃지 못할 우군이 되었다.

그녀 역시 교장, 교무 쪽 사람들과 가깝게 되지 않았나 싶었다.

한편, 누굴 붙잡고 자세히 물어보지 않아도 교장과 교무 그 추종자들이 아무리 조 선생의 실종사건을 쉬쉬했어도 그에 따른 소식들은 사람들의 눈과 귀, 입이 파발마가 되어 시시각 각으로 빠르게 교무실로 전파되어 성욱의 귀에도 날아왔다.

그 사건의 내막은 이랬다.

조민시는 2년 전에도 휴직을 하여 1년 6개월을 쉬었다.

그런데 성욱이 며칠 출장을 간 사이에 갑자기 1년 휴직이 결정되어 이사장의 승인이 났던 모양이었다.

어느 날 아침, 교장으로부터 인터폰이 왔다.

기간제 신임교사를 초빙하기 위한 인사위원회를 개최하라는 지시였다.

모든 것은 교무와 상의를 하여 일정을 조정하였으니 그 절차대로 인사위원회만 개최하면 된다는 것이었다.

성욱은 인사위원회를 개최하는 중에 교무에게 조 선생님은 지난번과 같은 병명으로는 3년 내에 2년 이상의 휴직이 어려운 상황인데 어떻게 된 이유냐고 물었다.

하지만 교무는 별다른 답변 없이 그냥 학교장이 결정을 내렸다 했다. 그러면서 성욱이 출장 갔을 때 인사위원회의 절차를 밟았다고 하고는 대화는 거기서 끝이 났다.

교사가 휴직을 하려 할 때는 교감이 인사복무 담당이기 때문에 누구보다도 먼저 성욱과 상의한 후 교장에게 이야기를 하는 것이 관례였음을 그들도 모를 리 없었다.

그럼에도 성욱과의 법적인 고소사건뿐만 아니라 교장과 교무가 조 교사를 비호하는 관계이다 보니 성욱이 출장 등의 이유로 학교에 없는 틈을 타서 결재를 하는 등의 그들 나름

조용한 학살

대로 치졸하면서도 치밀한 계획과 진행을 이어 갔다.

조 교사는 결혼할 적령의 나이가 이미 지났을 정도로 제법 나이가 있었다.

그런 미혼의 상태에서 부모로부터 떨어져 혼자 생활을 하고 있었다.

대개는 학교에서의 비상연락망이라든지 행정실에서 필요로 하는 주소야 알 수 있었다.

하지만 그 이외의 사항에 대해서는 아는 사람이 거의 없을 정도였다.

대부분의 직장에서 기본적인 생활만큼은 여자들끼리는 어느 정도 공유하는 입장이라고도 했다.

하지만 조 선생은 그러질 않았던 것을 성욱은 가까운 여교사들로부터 전해 들어 알고 있었다.

조민시와 임파는 누가 먼저랄 것도 없이 술을 마셨다.

그녀는 그녀대로 임 교무도 역시 서로의 스트레스로 인한 해결책이 술밖에 없는 듯 보였다.

조민시는 술에 대해서만큼은 지금껏 살아왔던 인생만큼이나 내성이 붙었을 정도로 주량이 셌다.

"교무부장님, 혹시 사모님께서 나하고 카풀하는 것 알고 계서요?"

"오늘 따라 새삼스럽네. 그렇게 묻는 이유가?"

"혹시나 해서요.

알면 서로 난처하실 수도 있잖아요."

"응, 카풀을 한다는 정도는 알고 있지.

하지만 그 대상이 조 선생이었다는 것은 모르지.

만약 알았다면 한 번쯤이라도 불륜의 색안경으로 보고도 남았을 테지."

"그럴 수도 있었겠네요."

그녀는 평범했다고 생각한 행동이 평범하지 않을 수도 있다는 것을 오늘에서야 새삼 느끼게 되었다.

임 교무도 지금쯤 해결되었어야 할 문제들이 해결되지 못한 채 나자빠져 있음에 답답해하면서 술잔의 술을 마셨다.

그런 와중에 술기운이 불난 연기처럼 그들의 몸속으로 흡입되고 있음을 느꼈다.

"교무부장님, 뭐 기분 나쁜 일 있으세요?"

그녀는 무엇인지는 몰라도 불만에 가득 찬 교무의 모습을 볼 수 있었다.

그러면서 술잔을 비웠다.

"글쎄, 왜? 내가 그렇게 보여?"

"네."

"그러게. 잘되는 일이 없어서….

요즘따라 아무나 붙들고 패고 싶을 정도로 예민해졌네.

무슨 일이 터질 것만 같아 불안하기도 해서."

그도 술잔 속에 반쯤 남아 있는 술을 마셨다.

어쨌든 그는 이곳을 오면서 오늘은 많이 먹지 말아야겠다고 마음속으로 다짐을 했다.

하지만 적게 사온 술이 어느 틈엔가 윤사월 가뭄처럼 빈병만이 남아 나란히 줄을 서고 있었다.

"더 마실 거야?"

"네, 이렇게 만났는데 오랜만에 취해 봐야죠."

"그래, 그럼 조금만 기다리고 있어.

내가 더 사 오겠지만, 대신 너 술주정하면 혼난다."

임파는 취기가 돌아 풀린 다리로 간신히 일어났다.

그는 멀리서 불빛이 낯설게 띄엄띄엄 비치는 상가 쪽을 향하여 흐느적거리는 모습으로 걸어갔다.

그녀는 오리가 뒤뚱거리듯 가는 교무의 뒷모습이 왠지 우스꽝스러워 자신도 모르는 웃음이 입가에 번졌다.

그러면서도 밝은 달빛에 보석처럼 반짝거리며 흐르는 물빛을 바라보았다.

때로는 잔잔히 흐르다가도 굽어지는 물길 소용돌이 앞에서 아우성치며 흐르는 소리는 어디서부터 시작되었는지 모를 뒤죽박죽돼 버린 자신의 혼란스런 일상을 이야기하고 있었다.

그녀는 왠지 모를 서글픔에 젖었다.

눈물은 흐르지도 못한 채 겨울 초가지붕에 매달린 고드름이 되어 눈썹을 적시고 있었다.

빈병 속에 조금씩 남아 있던 술을 짜내듯 술잔에 모은 술이 목젖을 타고 위 속으로 들어갔다.

자신을 향하여 알 수 없는 곳으로부터 날아온 수많은 화살촉이 상처 난 마음에 피를 뿌리고 있었다.

취권의 모습으로 흐느적거리는 임파가 손에 쥔 봉지만큼은 야무지게 들고 왔다.

검은 봉지에서는 감도 오지 않을 정도의 안주가 오락실 두더지마냥 뿅뿅거리며 튕겨 나왔다.

"많이도 사 오셨네요. 제사상을 차려도 되겠어요."

"아까 조 선생이 핀잔을 줘서 또 적다고 구박을 받을까봐."

그는 그녀의 익살스런 아재개그에 히죽히죽 웃었다.

"이거 다 해결하려면 언제 집에 가요?"

"다른 사람이라도 불러야 되는 거 아닌가요?"

그녀는 걱정 반 농담 반으로 웃으며 말했다.

조용한 학살

"그럼 누굴 부를까?"

"글쎄요?"

두 사람은 횡설수설하면서도 술잔은 시계의 초침처럼 셀 수도 없이 돌았다.

"교무부장님, 전 지금 힘들고 지쳤어요.

이제 모든 걸 내려놓을까 봐요."

"나 역시 마찬가지야. 되는 일은 없고 교감은 언제 그만둘지 요원하기만 하네."

"우리 인간적으로 교감한테 너무 못된 짓 한 거 아닌가요?

있지도 않은 일을 만들어 덤터기 씌우면 죄 받는데?"

조민시는 말이 꼬이면서 따뜻한 햇살에 녹아내리는 엿가락처럼 눈마저 풀렸다.

"야, 어떻게 그런 말을? 이미 물이 엎질러졌는데.

그러면 안 되는 거 아니야?

나 혼자 좋다고 한 거 아니잖아?"

임파는 술이 취한 속에서도 뻘건 눈으로 조민시를 다그쳤다.

"예전엔 못된 교장에게 책 아닌 책을 잡혀 이사장 때문에 어쩔 수 없이 했죠.

그런데 일도 시간도 너무 오래 끌게 되었네요."

"그러게."

"저로서는 지금 검찰의 조사까지 오롯이 혼자 받는 입장인데 모두가 자기 일이 아닌 듯 멀리서 외면만 하고 있네요.

이런 상황들이 정말 견디기 힘이 들어요."

그녀는 지금 스트레스를 받고 있는 학교 일에 대하여 있는 대로 푸념을 늘어놓았다.

"그 부분에 대해서는 나도 뭐라 할 수 없어.

하지만 네가 자꾸 그러면 이 문제는 나만 알고 있어서는 될 일이 아닌 것 같네."

"알고 보면 그들도 참 나쁜 놈들이지 않아요?

여러 사람 망가뜨려 놓고서.

교무부장님은 뭘 바라고 그들과 한패가 되어 이런 일에 껴들었어요?"

그녀는 임 교무에게 다그치듯 쏘아붙였다.

"야, 조민시 너무 심하다.

그래도 그렇지, 말은 가려서 해야 되는 거 아니야?"

임 교무는 어느 정도 술이 취한 상태에서도 검으면서도 작은 얼굴에 염소 눈처럼 툭 튕겨 나온 눈이 매서웠다.

그리고 그 눈은 그녀를 죽일 듯이 노려보고 있었다.

"교무부장님이 아무리 그래도 사람 모함하는 것은 천벌 받을 못된 짓이잖아요.

저도 당해 봐서 아는데 교무님도 그런 사람 맞잖아요?"

술이 술을 먹은 듯이 취해 버린 그녀는 교무의 주의에도 아랑곳하지 않은 채 일방적으로 쏘아붙였다.

"그래도 이게?"

술에 취할 대로 취해 버린 교무의 혀는 정상적인 기능을 하지 못하면서도 술 먹은 황소마냥 화가 부풀어 독이 서려 있었다.

조민시는 흔들리는 그의 팔을 피해 일어나려다 순간 멈칫했다.

그로부터 얼마 후에 조 교사의 실종사건이 발생했다.

왕래가 없었던 그녀의 집에서도 몰랐다.

조민시는 휴직 중이었기 때문에 학교에서도 역시 몰랐던 것은 당연할 수밖에 없었다.

그날 조민시와 같이 술을 마셨던 임파는 자신의 집에 어떻게 왔는지 도저히 기억이 나질 않았다.

깨어 보니 오후 1시가 지나 있었다.

어제의 시곗바늘을 되돌려 보았다.

모자랐던 술을 사러 간 기억은 안개가 피어오르듯 가물거렸다.

자신이 술과 안주를 샀을 때 현금으로 주었는지는 몰라도 주머니에 천 원짜리 지폐 몇 장과 동전만이 오롯이 남아 주머니에서 자리를 차지하며 숨을 쉬고 있었다.

아무튼 그 이후의 어떤 흔적도 어지러운 머리에는 존재하지 않았다.

뿐더러 아무리 기억을 되살리려 해도 그놈의 흔적은 어디서도 좀처럼 찾아볼 수 없었다.

'그녀는 집으로 잘 들어갔을까?'

임파는 그때의 시간만큼은 자신의 짧은 기억상실을 누구에게도 알리고 싶지 않았다.

아니, 가끔씩 자신의 신체에서 일어나고 있는 변화를 남들이 안다는 것 자체가 두려웠다.

심지어는 자신마저도 필름이 끊겼다는 그 사실을 인정하고 싶지 않았다.

그는 저장되어 있는 조민시의 폰 번호를 조심스레 눌렀다.

몇 번의 신호음이 갔었고 다시 걸어 달라는 메시지가 들릴 때까지 응답이 없었다.

그는 휴대폰을 접었다.

그녀도 어제는 빈속에 마신 술이 과했을 것이다.

'아직 자고 있으려나?'

조용한 학살

임파는 궁금함을 떨치지 못한 채 휴대폰만 만지작거렸다.

얼마간 시간이 지난 다음, 다시 하기로 했다.

침대에 누웠다.

주말이긴 하지만 아내와 애들은 어디로 갔는지 소리도 들리지 않는 집에는 적막감에 자신으로부터 퍼져 나오는 역한 술 냄새가 아직도 방에서 스멀스멀 기어 다니고 있었다.

그렇다고 지금 혼자서 식사를 하거나 몸을 씻고 싶지는 않았다.

숙취로 아픈 머리는 열기구를 탄 듯 허공에 뜬 채 천장을 빙글빙글 돌고 있었다.

하물며 속이 메스꺼운 데다 입속은 모래들이 이리저리 굴러다니는 양 꺼끌거렸다.

자신이 전화했다는 것을 조민시가 늦게라도 보았다면 전화를 했을 것이다.

하지만 그녀에게서 온 전화나 문자는 없었다.

임파는 저녁나절이 되어서는 조금 걱정스러운 마음으로 그녀에게 다시 전화를 해 보았지만 허사였다.

신호만 갈 뿐 그녀의 반응은 없었다.

몇 번을 걸어 보았다.

짜증이 났다.

이제는 조바심이 났다

그는 그녀와 항상 카풀하던 장소만큼은 적어도 알고 있었다.

갈 용기도 없었지만 그렇다고 혼자서 무턱대고 그녀의 집을 찾아가기도 그랬다.

술이 웬수라고 생각했다.

임파는 별의별 생각이 다 들면서도 내심 내일 오전까지만 더 기다려 보기로 하였다.

그는 지난 밤 그녀와의 기억을 떠올려 보았다.

무슨 일인지는 몰라도 심하게 다툰 것 같은 희미한 기억이 있기도 했다.

하지만 그 이외의 기억은 마치 어둠의 호숫가에 머물러 모질게도 사람들의 낭만이나 처절한 이별을 파헤친 슬픈 마음에 불을 질러 놓고는 아침 햇살을 받으며 공중으로 비상하며 사라지는 물안개 같았다.

해 질 녘에 외출했던 아내가 왔다.

"여보, 어제는 어디서 술을 마셨길래 옷과 신발이 엉망이 되어 왔어요?

그래도 그 정신으로 집에 들어온 것이 용하네요."

"내가 그랬단 말이요?"

"왜, 기억 안 나세요?"

　　　　　　　　조용한 학살

"아니, 안 나긴. 모두 기억하는데."

그는 솔직히 그것마저도 기억이 나질 않았다.

하지만 기억이 그렇다 하면 마누라의 속사권총 같은 푸념의 질책을 들을 것은 불을 보듯 뻔한 일이다.

"그래, 그 옷들은 어떻게 했어?"

"강한 세제로 세탁을 했어도 옷과 신발에 뻘 물이 배어 지워지지 않아서 그냥 내다 놓았으니 당신이 알아서 하세요."

"미안해."

"당신 정말 조심하고 술도 적당히 해야겠어요.

몸이 언제나 청년은 아니니까요."

그는 아내에게서 어제 마신 술잔만큼 긁어 대는 핀잔을 들었다.

차라리 마신 술보다 더한 핀잔을 듣더라도 실낱같은 작은 기억만이라도 돌아왔으면 좋겠다는 마음이 그에겐 더 간절했다.

하지만, 사라진 어제의 기억은 아무리 생각해도 되돌아 올 기미가 없어 보였다.

시간이 어둠에 물들어도 그는 넋 나간 사람처럼 멍하니 천장 한가운데 걸려 있는 낡은 불빛을 바라보며 의욕 없는 몸을 침대에 지탱하고 있었다.

조민시가 만나자 했어도 바쁘다는 핑계로 미뤘으면 어땠을까?

아니면 간간이 자신의 과도한 음주 후에 필름 끊긴 현상을 아는 마당에 그래도 자신을 도와줄 다른 누군가를 데려갔어야 했다.

그런 후회가 밤하늘의 은하수처럼 쏟아졌다.

오늘은 밤이 참으로 길게 느껴질 것만 같았다.

자신이 전화했던 마음을, 그녀가 알았다면 늦더라도 전화나 문자를 주면 참으로 좋겠다는 바람을 가져 보았다.

하지만 낚시터에서 입질의 미동도 보이지 않는 희미해져 가는 찌를 하염없이 바라보는 늙은 태공의 마음처럼 아무리 확인하고 바라보는 휴대폰은 어둠의 적막을 치고 있었다.

그날처럼 울려야 하는 휴대폰의 차임벨 소리가 기다려지고 그리워했던 적도 없었다.

눈을 감고 있어도 이 생각 저 생각으로 조민시가 제발 아무 일이 없기만을 바라는 마음을, 오늘같이 간절했던 것은 처음이었다.

창밖을 통하여 밤을 지배하던 어둠이 서서히 밀려가고 있었다.

임파는 답답한 마음에 닫혔던 창문을 활짝 열어젖혔다.

조용한 학살

새벽의 차가운 공기는 유령의 그림자가 되어 쏜살같이 따스한 온기를 파고들었다.

그는 폐부 깊숙이 들어온 신선한 공기를 마셨다.

자신이 교장과 이사장의 일에 끼어든 것이 오늘에서야 몹시도 후회되었다.

옳은 것만을 해도 못다 하고 가는 인생이다.

더구나 남의 인생을 해코지하여 상처를 주는 일이 얼마나 자신의 마음을 처참히 갉아먹는 살인 같은 짓인지도 처음으로 느껴 보았다.

지금의 마음이라면 원래대로 모든 것을 되돌리고만 싶었다.

이 상태에서는 하늘이 그에게 주어진 명도 못 살 것만 같았다.

그러면서도 제발 조민시에게 아무 일이 없기만 빌었다.

사람들은 어려운 일에서 벗어나고 싶을 때면 꼭 촌스럽게 믿지도 않는 석가모니, 예수 등의 기억나는 모든 종교적인 신앙의 대상을 모두 떠올리곤 했다.

또 하루가 지났다.

지금 병원 응급실로 실려 간 딸의 수술을 애타게 기다리는 엄마의 더디고도 초조한 시계처럼 임파의 마음은 타들어 갔다.

부모와도 연을 끊은 조민시였기에 그녀의 부모에게 알리

려 해도 그로서는 알릴 방법이 묘연했다.

결국 그는 실종 신고를 자신이 할 것인지에 대한 번민으로 머리카락을 쥐어뜯고 있었다.

누군가가 집 초인종을 눌렀다.

문을 열었다.

경찰 제복을 입은 두 사람이 서 있었다.

"임파 씨 되시죠?"

"네, 그렇습니다만."

왠지 모를 불안한 기운에 순간적으로 그는 섬뜩했다.

"조민시 씨 아시죠?"

"네, 압니다만."

"사람은 없고 습득한 휴대폰에서 가장 최근 통화와 문자에서 선생님을 찾았습니다.

그래서 몇 가지 참고할 사항이 필요해서요."

"안 그래도 몇 번 문자와 전화로 연락을 해도 연락이 닿지 않아 걱정하던 참이었습니다.

무슨 일이 있습니까?"

"지금 잠시 경찰서로 가시죠."

"여보, 아니, 이게 무슨 말씀이세요?"

옆에서 경찰의 말을 듣고 있던 아내가 화들짝 놀라 경찰을

조용한 학살

향해 물었다.

"이야기는 나중에 남편분께 들으시고 실례했습니다."

경찰은 밖에서 기다리겠노라며 현관문을 나갔다.

그는 당황한 기색으로 옷을 입고 지갑 등을 챙겨서 차를 끌고 나왔다.

경찰이 차 시동을 켠 채로 기다리고 있었다.

"이 차를 안 타시면 그럼 경찰서에서 뵐까요?"

"네, 올 때도 그렇고 그게 좋겠습니다."

경찰은 주소를 일러 주고는 먼저 떠났다.

그도 차 내비게이션을 켜고서는 경찰서를 향했다.

그는 경찰서에 도착하여 조금 전에 만났던 경찰과 조사실로 들어갔다.

경찰관은 누가 방갈로 주변에서 휴대폰을 주웠다고 했다.

"주인이 없다면서 휴대폰을 오픈하니 다행히 가장 최근에 뜨는 전화번호가 있어서 오시라 했습니다.

조민시와는 언제 만났습니까?"

"네, 이틀 전 휴대폰을 습득했다는 그 주변에서 둘이 술을 마셨습니다."

"두 분 이외에 다른 분은 없었습니까?"

"네, 없었던 것 같습니다만 제가 그날, 부분적으로 기억이 좀처럼 나질 않아서요."

"그럼 옆에 누가 있었을 수도 있다는 것을 배제할 수 없겠네요?"

"그 부분은 잘 모르겠습니다."

"그래서 조민시의 휴대폰에 선생님의 전화번호가 많이 찍혔네요."

경찰은 일단 어느 정도 이해가 간다는 듯 고개를 끄덕였다.

"네, 그래서 저도 연락을 몇 번 취했습니다.

그런데 아직까지 연락이 없어서 어떻게 해야 하나 내심 걱정하고 있었습니다.

그럼 아직 찾지는 못하고 실종신고도 안 된 상태인가요?"

그는 매우 초조한 눈빛이었다.

아니, 조금은 두렵기까지 했다.

"네, 아직은요."

"그럼 선생님께서는 조민시 씨 있는 곳을 모른다는 겁니까?"

"네, 솔직히 그날 술을 먹은 어느 시점부터 집에 오기까지 도무지 생각이 나질 않습니다.

그리고 집에도 어떻게 왔는지 모르겠습니다."

조용한 학살

임파뿐만 아니라 경찰마저도 답답하다는 듯이 그에게 일단 집에 가 있으라는 것이었다.

임파는 집으로 운전을 하면서도 어쩌면 하는 불길한 생각을 떨쳐 버릴 수 없었다.

제발 조민시가 돌아오기만을 간절히 마음속으로 부르짖고 또 부르짖었다.

한편 법정에서는 성욱에게 조민시에 대한 성추행의 2차 가해를 포함한 폭력행위로 검찰이 징역형의 구형을 요구했다.

성욱은 있지도 않았던 일의 모함으로 경찰 조사를 받은 것도 억울한데 검찰까지 사건의 진실은 고사하고 징역형을 요구하는 현실에 무방비로 당하고 있는 자신을 그마저도 인정할 수 없을 만큼 참혹했다.

실종 일주일이 지나서야 쉬쉬하던 학교 분위기가 갑자기 술렁대기 시작했다.

마침내 조 선생을 찾았다는 연락과 함께 시신으로 발견되었다는 소문이 입에서 입으로 전해졌다

그녀의 시신은 용케도 물 빠진 방파제의 테트라포드에 끼인 채로 발견되었다.

인적이 드문 곳인데 낚시하던 사람이 발견하여 신고를 했

다는 것이었다.

조민시는 임 교무와 만났을 당시의 복장 그대로였다.

다만, 시신이 물에 잠겼다 빠졌다 하는 사이에 부력에 의해 사람의 몸이 물 위에 떠서 보인 상태를 짐작케 하듯 바닷물과 몸의 삼투압 현상으로 인해 그녀의 몸은 스폰지가 물을 흡수하듯 상당히 부풀어 올랐다.

원종완 형사는 일단 사체를 확인하고 국립과학연구소에 의뢰하여 부검을 실시하기로 하였다.

조 교사와 같이 술을 마셨던 임 교무는 치정·원한관계가 아니었기 때문에 일단 용의자라기보다는, 술을 마지막으로 마신 상황의 상태에서 아직까지는 참고인 진술만을 받았다.

조민시는 폐에 물이 차서 질식한 것이 사망의 원인이었다.

그렇다면 조 교사의 사고는 크게 세 가지의 원인으로 볼 수 있다.

첫째는 현 시점에서의 자기 신변을 비관한 우발적 자살 가능성을 엿볼 수 있다.

왜냐하면 부모와의 관계, 학교생활로 인한 복잡함과 누군가에 해를 끼치게 된 교사의 양심이라면 그럴 가능성도 없지 않아 보였다.

또한, 경찰과 검찰을 오가면서 받아 온 스트레스 등을 감안

　　　　　　　　　　　　　　조용한 학살

해 보면 충분한 가능성의 확률이 높아질 수 있었다.

다음 하나는 너무 많이 마신 술로 인하여 잠시 소변을 보러 화장실을 찾다 물가로 발을 헛디딘 단순 실족의 사고임의 가능성을 배제할 수 없었다.

마지막으로는 임 교무 또는 누군가에 의하여 성욱에게 씌운 소송사건에서 그녀가 강하게 반문하면서 만약 그 사실을 알리게 된다면 거기에 연루된 많은 사람들이 공모자로서의 타격을 입게 될 수도 있다.

그런 생각에 살인도 충분히 가능할 수 있다는 가설도 있을 수 있다.

하지만 보호자의 동의하에 부검을 해 보았지만 살해됐다고 단정지을 만한 특이 사항은 발견되지 않았다.

다만 국과수에서는 물에 빠진 것이 직접적인 사인이라는 것 이외에 그녀의 깨진 손톱에 끼어 있던 니트류의 작은 섬유재질을 발견했다고 알려왔다.

그것은 그날 거기서 그녀에게 무슨 일이 일어났는지의 이야기를 들려줄 수도 있는 유일한 소재인 것 같았다.

원 형사는 깊은 생각에 잠겼다.

그녀가 실족했다면 그 당시 살려고 누군가의 옷을 붙들다 결국 물에 빠졌을 수 있다.

한편으로는 살해하려고 밀칠 당시에 어떻게 든 위험에서 벗어나려고 상대편의 옷을 붙들다가 부러진 손톱에 섬유질이 끼어 있다는 것을 가정해 볼 수도 있었다.

아무튼 손톱에 붙어 있던 섬유의 실체가 무엇이며, 누구의 것인지가 지금의 시점에서는 중요한 관건이었다.

그러려면 같은 섬유 재질의 옷을 찾는 것이 급선무였다.

죽은 조민시의 옷을 확인해 본 결과 일단 그녀의 옷은 아니었다.

그렇다면 그날 같이 있었던 임파의 옷이었다면, 압수수색을 통하여 입었던 옷의 섬유와 일치하는지를 알아보는 확인이 필요했다.

원 형사는 수색영장을 발부받아 임파의 집을 압수수색했다.

그러나 손톱에 끼었던 비슷한 섬유재질의 옷은 어디에도 없었다.

원 형사는 머리가 아팠다.

지금 시점에서는 죽은 조민시와 같이 있었던 임파가 그녀의 죽음을 밝히는 키라고 생각했다.

하지만 압수수색을 했어도 그녀의 죽은 실마리를 풀어 줄 물품은 결코 나오지 않았다.

"임파 씨, 그날 입었던 그 옷은 어디 있습니까?"

"버렸습니다."

"왜요?"

"그날 어디서 쓰러졌는지 뻘이 묻어 세탁을 했는데도 얼룩이 지워지지 않아서 신발과 함께 버렸습니다."

"그런 경우라면 일반적으로 우리가 세탁소에 가져가거나 하지 바로 버리진 않죠?"

원종완 형사는 계속 의심을 염두에 두고 질문을 던졌다.

"낡았기도 해서 이참에 버려야 된다고 생각했습니다."

"어디다 버렸습니까?"

"쓰레기통 의류 수거함에 버렸습니다."

"그래요?"

원 형사는 임파의 부인에게도 같은 질문을 했지만 대답은 역시 '노'였다.

그는 또한 며칠간에 걸쳐서 그들이 술을 같이 마신 이후의 행동들에 대한 목격자를 찾으면서 탐문수사를 해 보았으나 별다른 실익이 없었다.

원 형사는 조민시와 만나던 시점부터 임파가 그의 집에 오기까지의 CCTV를 확인했다.

사각지대가 많은 어두운 밤인 데다 오래된 CCTV의 카메라 영상은 흑백 TV처럼 잘 보이질 않았다.

그래서 그는 임파가 입었던 옷을 설사 찾았더라도 솔직히 그 옷인지조차 명확한 판단이 서질 않았다.

"선생님께서 조 교사를 만나기 위하여 차를 두고 갔으면 일반적으로는 버스나 택시를 탈 것이지 왜 걸어갔습니까?"

"저는 그날 시간과 여유가 있는지라 평소 모자라는 운동도 할 겸 걸어갔습니다."

원 형사는 약속 장소를 가기에는 제법 먼 길임에도 운동을 위해서 사색도 할 겸 걸어갔다는 그의 말에 설득력도 있어 더 이상 질문을 하지는 않았다.

또한 그가 만약 아파트에 살았다면 조민시를 만나기 위하여 입고 나간 그 옷이 어떤 것이었는지를 아파트 CCTV 카메라가 선명하게 알려 주었을 것이다.

하지만 공교롭게도 그의 집은 단독주택이었다.

설사 카메라가 있었더라도 사건을 숨기려는 의도가 있었다면 임파뿐만 아니라 그의 부인까지도 그것을 순순히 내놓을 리는 결코 없었을 것이었다.

옷의 소재는 파악이 불가능했다.

원 형사는 임파가 근무하는 학교의 CCTV를 확인해 보았지만 거기에도 손톱에 끼였던 섬유 재질의 비슷한 니트의 종류를 찾는 데 실패했다.

조용한 학살

원 형사는 임파의 집에서 쓰레기 및 재활용을 하는 곳에서 경찰 몇 명과 의류수거함을 뒤져 보았다.

이미 일주일이 지난 상태에서 그런 섬유 재질의 옷을 찾을 수가 없었다.

그는 혹시나 하는 바람으로 그 지역에서 수거하는 의류가 어느 집하장으로 가는지도 확인을 하고는 그곳을 찾아갔다.

형형색색의 옷이 쌓인 무덤으로 이미 각 지역에서 가져온 것으로 뒤죽박죽되어 있어서 아무리 열정이 좋아도 별 의미가 없는 것 같아 할 수 없이 포기를 하고, 다른 방법을 찾아야 했다.

한편, 조 교사의 어머니는 그녀의 유품을 정리하다 일기장과 흡사한 메모노트를 발견했다.

딸이 부모에 대하여 조금이라도 애정을 가졌거나 평범하기라도 했다면 그 죽음에 대하여 안타까움이나 슬퍼하지 않을 부모가 없었을 것이다.

하지만 원채 부모의 속을 썩인 데다 10여 년 이상을 왕래도 없이 인연 끊은 자식이 죽었어도 죽었다고 말하기조차도 부끄러웠을 만큼 지금은 솔직히 딸에 대한 별다른 감정이 없었다.

하지만 하나뿐인 자식이 이유도 모른 채 먼저 이승을 떠났는데 부모의 마음이 결코 편할 리가 없었다.

그것은 조 교사의 부모가 죽을 때까지 가슴에 묻고 살아야만 하는 아픈 기억으로 남아 있을 것이었다.

조 교사는 결국 익사로 판명되어 사건을 종결처리 하였다.

그녀에 관련된 모든 문제는 종료되었다.

하지만 성추행의 2차 가해 등의 폭력행위로 고소를 당했던 성욱의 재판은 그녀의 죽음과 상관없이 계속 진행되었다.

원 형사는 그가 담당했던 조 교사의 사건이 종결됐음에도 뭔가 풀리지 않는 찝찝한 느낌이 온통 그의 뇌리를 휘젓고 있었다.

얼마 후, 법원으로부터 성욱에게 우편이 배달되었다.

그는 재판에서 벌금 200만 원의 처벌을 받았다.

성욱은 이번만큼은 꼭 재판을 통해서 이사장을 비롯한 그 추종자들이 단순한 협잡꾼에 지나지 않는 치졸한 인간들이라는 것을 밝히고 싶었다.

하지만 피해 당사자인 원고는 이미 사망했고 오히려 자신이 돌이킬 수 없는 타격을 받았다.

이제는 조 교사의 죽은 원인이 단순 사고였든, 결코 평범하지 않은 생활의 비관이 자살의 원인이었다고 누군가가 프레임을 씌워도 알 수 없는 일이 되고 말았다.

재판 패소에 따른 법적조치의 후폭풍과 비난은 고스란히 성욱이 감당해야 할 고통이 되었다.

이제는 항소를 제기해도 재판 결과를 뒤집을 만한 획기적인 반전의 증거가 나오지 않을 경우, 사실상 이긴다는 것은 더욱 힘든 일이었다.

더군다나 만만치 않은 변호사 비용이 추가로 드는 것도 고민스러운 문제로 성욱은 머리가 지끈거렸다.

만약 항소 제기를 할 경우, 어쩌면 1심 때보다 심한 도덕적 비난을 받을 것은 물론 더 무거운 처벌을 받을 수도 있겠다 싶었다.

은아가 애원을 하면서 뭘 좀 먹어 보라고 이것저것을 챙겨주었지만, 혓바늘이 돋친 혀와 입속은 먹는 것을 거부했다.

대부분은 위로의 말보다는 말없는 눈빛으로 자신을 향해 비난을 마구 퍼붓는 것 같기도 했다.

더구나 알 수 없는 조민시의 단순한 죽음이 마치 자신으로 인해 발생한 듯 사람들이 조롱과 멸시를 해서 사람들과 어울리는 것조차 두렵고 싫었다.

자신의 방에 혼자 있어도 낮에는 밖의 시끄러운 소리와 햇빛이, 밤에는 밤하늘의 별들과 수많은 불빛들이 사람이 되어

방 안으로 침입해 쳐들어오는 것 같았다.

그러면서 방 안의 조명은 밤새 그를 향한 감시자로 있었다.

성욱은 거칠게 스위치를 눌러 불을 껐다.

어둠 속에서 우두커니 의자에 앉아 치유할 수 없는 중병에 걸린 듯 자신이 한없이 슬프고도 애처로웠다.

학교법인에서는 교육청으로부터 받은 공문에 의하여 까마귀 날자 배 떨어지듯 재빠르게 법인징계위원회를 열었다.

다시금 성욱을 해임했다.

그러고는 임파 교무를 교감대리로 발령을 냈다.

그야말로 속전속결이었다.

그날은 참으로 우울한 날이었다.

저녁에 가끔씩 가던 선술집에서 만호 선생과 마주 앉아 있는 게 낙이었다.

그를 알던 사람들은 나락으로 떨어지는 성욱을 대부분 비난하고 외면했다.

그것이 우리 시대 삶의 현실이고, 또 학교에서도 그런 분위기로 흘렀다.

그럼에도 몇몇 사람과 만호만큼은 그러질 않았다.

"형님, 인생이 이리도 참 묘하게 꼬이네요."

조용한 학살

"그러게. 이럴 줄 알았으면 내가 안 했어도 무조건 잘못했다 인정하고 선처해 달라고 하는 게 오히려 나을 뻔했나?"

"형님, 그건 결과론적인 이야깁니다.

만약 잘됐다면 또 자존심 세운 것이 잘했다 싶었을 겁니다.

그러니 결정 난 것에 대한 후회는 하지 맙시다."

서로는 소주잔을 부딪치며 술을 마셨다.

가끔씩 마실 때면 기쁨은 기쁨대로 슬픔은 슬픔대로 마음을 녹여 주던 달콤한 술이 오늘따라 거품을 처절히 내뿜는 진한 녹색의 독약 같았다.

"이제 어떻게 하실 거유?"

"글쎄."

"하지도 않은 일을 했다 하면, 이건 너무 억울하지 않소?"

만호는 누구보다도 성욱의 심성과 그동안 학교에서 벌어졌던 상황을 잘 알기에 그 분함을 참지 못하는 모양이었다.

성욱은 그런 만호의 빈 술잔에 조용히 술을 따라 주었다.

"항소기간이 아직 남았으니 곰곰이 생각해 보자."

"그래요. 잘 생각해 결정을 내리세요.

형님이 어떤 결정을 하시든 전 무조건 지지합니다.

형님, 혹시 집에서는 형수님도 알고 계셔요?"

"아직 몰라. 왜?"

"집에서 안다고 해서 문제가 해결될 것은 아니지만 그래도 부부인데 형수님과 서로 상의하고 공감대를 형성해야 하지 않아요?

그래야 형님 혼자만 오롯이 받아야 하는 스트레스가 조금이라도 줄어들지 않나 해서요."

"아직 모든 것이 확정되지 않은 진행 과정이니 조금만 더 고민할 시간을 가져 보자. 네 충고 꼭 명심할게."

성욱은 안 그래도 여러 일로 인해 내색은 안 해도 스트레스를 받고 있을 은아와 리아를 위해 학교의 일로 받은 상처만큼은 자신 하나로만 족하지 굳이 가족들에게 부담 지우고 싶지는 않았다.

성욱은 만호와 아쉬운 작별 인사를 하고는 집으로 향했다.

제3장

악마의 시련

너를 위해 무엇이든 해 줄 수는 있지만,
네 마음의 싸움은 누가 대신해 줄 수 없다.
(드라마 '미스터 션샤인'에서)

밤이 으슥함에도 열린 창문을 통하여 간간이 뿜어져 나오는 차들의 날카로운 경적 소리, 멀리서 들리는 일상의 소리들이 그를 어지럽히고 있었다.

머리를 베개에 대고 있어도 성욱은 밤의 파수꾼이 되어 155마일 휴전선을 지키는 국군처럼 훌륭한 어둠의 비상근무를 하고 있었다.

여인의 짙은 눈썹 같은 초승달은 붉은 햇살이 나무 사이로 삐죽삐죽 쏟아져도 미안한 줄도 모른 채, 하늘 위에서 희미한 자태를 뽐내는 척하고 있었다.

뜬눈으로 밤을 지새우며 오늘을 어떻게 보낼까 많은 생각에 잠겼지만 이렇다 할 결정을 내리지 못했다.

나중에서야 자신의 해임을 알게 될지언정 지금만큼은 아내와 딸에게 말하고 싶지 않았다.

그래서 성욱은 일주일의 연수출장이라며 은아와 리아의 배웅을 받으며 집을 나왔다.

‘당신, 출장이 힘들면 그냥 땡땡이 치고 혼자 여행이나 다녀와.’

생전 그런 말을 꺼낼 줄도 모르던 아내가 오늘따라 참으로 희한한 말도 다 한다면서도 뜨끔한 생각은 들었지만, 그렇다고 딱히 받아넘길 말도 없었다.

그러면서 성욱은 여자들의 촉이 참 대단하다고 느껴졌다. 특히 은아의 촉이 그러했다. 자신이 해임됐다는 말을 안 했어도 마치 그의 상황을 알고나 있듯이 툭 내뱉었다.

복잡한 머릿속을 뒤적거려 보았지만 실은 딱히 갈 곳이 없었다.

일단, 그의 차는 경부고속도로로 진입을 했다.

중앙분리대를 사이에 두고 양쪽으로 오가는 차량들은 약속이나 한 듯 줄지어 빠르게도 달렸다.

그럼에도 여전히 목적지를 정하지 못한 성욱의 차는 빵빵거리는 뒤차의 열렬한 불만에도 불구하고 밭 가는 트랙터마냥 느릿느릿 달리고 있었다.

첫 번째 휴게소에 도착했다.

그는 준비해 두었던 상의와 바지를 갈아입기 위해 화장실로 향했다.

에코백을 들고 화장실에 가면서도 혹시나 아는 이를 만날

지도 모른다는 의심 많은 생각에 뽕잎 먹을 누에처럼 앞뒤좌우를 두리번거리면서 들어갔고 나오면서도 역시 그러했다.

그는 그러한 자신을 보면서 입가에서는 뜻 모를 웃음이 피식 나왔다.

실직으로 오갈 데 없어 집에는 충격을 받을 것 같아 알릴 수가 없어서, 양복 입고 구두를 신은 채 등산을 간다는 가끔씩 우스꽝스런 뉴스를 보았을 때, 기자가 참 할 일도 더럽게 없다는 혼자서의 핀잔을 뇌까리면서 남의 일로만 여겼었다.

그래서 그때는 등산 간다는 이들이 어떤 심정으로 가는지를 이해하지 못했을뿐더러 하려는 생각도 않았다.

그런데 막상 그런 일을 당하고 보니, 이제야 그 참담하면서도 쓸쓸한 현실의 냉혹함을 조금은 이해할 수 있을 것 같았다.

그러면서 예전에 할 일이 더럽게 없다고 나무랐던 기자의 높은 정신에 이제야 미안한 생각이 들었다.

휴게소에서 사 온 커피를 차 안에서 한 모금 마시고는 관광 정보가 나와 있는 큰 지도를 펼쳤다.

지도에는 저마다의 특화된 관광지들이 갑자기 실업자가 되어 버린 그를 가을 단풍으로 유혹하고 있었다.

그는 지도를 접힌 대로 다시 접었다.

잠시 눈을 감았다.

조용한 학살

똬리를 틀고 있는 뱀처럼 잔뜩 웅크러져 있는 가슴속의 피떡 같은 응어리를 어디에서라도 당장 토하고 싶었다.

바다가 보였다. 있는 대로 후려치다 여인의 살결처럼 부드러운 하얀 포말을 흩뿌려 외로움의 애간장을 태우던 파도가 보고 싶었다.

제주에서 키위농장을 경영하는 기동 형에게 전화를 했다.

"잘못된 일로 지금은 작두에 목을 맡기고 싶은 마음도 지나는 시간이 모든 걸 치유해 주지. 너무 자책하지 말게. 그리고 마침 키위를 따는 시기(1주일)야. 얼른 오게."

오래전부터 알고 지내던 그는 성욱이 사회생활을 하는 데 있어서 우상이었을 뿐만 아니라 정신적인 자주로서 좋을 땐 한없이 칭찬해 주고, 나쁠 땐 슬며시 여행을 가자며 항상 그렇게 마음을 챙겨 주었다.

오래된 신문에서 본 기억으로 형은 키위 씨앗을 볼펜 속에 넣어 왔던 키위의 문익점이 되어 소송을 벌이면서까지 한국의 키위 재배에 앞장섰다.

오늘날처럼 한국이 키위를 이만큼 재배하기까지 키위 생산을 대중화한 데에 형이 일부분 기여했다는 사실은 부인할 수 없다는 생각이 들었다.

형은 나무와 식물 재배에도 학문적 소양이 깊었다.

배나 사과 등의 대부분 과일은 만생종이 제일 맛있다고 했다.

우리들은 항상 햇과일 햇곡식을 선호하지만 맛은 별로였던 것을 기억했다.

쌀도 그렇다고 하면서 지금의 쌀보다 옛날 쌀밥이 맛있던 것은 벼를 베기 직전까지 물을 가둬 두어야 하는 것이 원칙이었기 때문이다.

하지만 기계로 수확을 하려면 논에 일찍 물을 빼서 바닥이 말라야 트랙터로 일하기가 수월해서 오늘날 대부분 그렇게 하는데, 일본은 그렇게 하질 않기 때문에 일본 쌀밥이 우리 것보다 맛있을 수 있다고 한다.

그나마 우리나라에서 평야지대보다는 산 밑에 있는 다랑이논에서 생산된 쌀이 가장 좋고 맛도 일품이라고 가끔 귀띔해 주기도 했다.

성욱은 완도에 차를 세워 놓은 채 제주 가는 표를 끊었다.

배에 승선하기 위하여 30-40미터의 긴 줄이 이어졌고 승무원은 신분증과 큐알코드 스캔으로 확인을 했다.

성욱은 3등칸으로 갔다.

서너 평 남짓의 딱딱한 고무 바닥재로 된 곳에는 벌써 예닐곱의 사람들이 넓은 엉덩이를 혈망봉 봉우리처럼 삐죽 내밀곤 배낭을 베개 삼아 자는 척 눈을 감고 있었다.

그는 틈새를 비벼서 공간을 만들어 보려다 답답함이 니글거려 이내 마음을 접고 갑판 위로 올라갔다.

풍랑이 심해진 탓인지 비바람 소리가 북풍한설에 문풍지 울음보다 더 요란한 소리를 지르며 세찬 비를 몰고 와서는 전쟁터 총알처럼 갑판 위로 쏟아부었다.

갑판 위에서는 무엇이든 잡지 않고서는 움직일 수가 없었다.

잠깐 동안 선실을 나온 것에 후회를 했지만 그렇다고 다시 남의 엉덩이에 코를 들이대는 비좁은 선실로 가기는 싫었다.

얼굴을 따갑도록 모질게 때리던 빗줄기는 언제 그랬냐는 듯 가늘어지더니 울음을 멈추었다.

햇살이 부끄러웠던지 반쯤 고개를 내밀더니 구름 속에서 술래잡기를 반복하고 있었다.

제주도의 날씨와 바람은 겨울의 칼바람에 민소매 입은 미친 여자의 마음 같았다.

낭만을 떠올리던 제주도에서의 늦은 하룻밤을 보낸 다음 날이었다.

10월 하순, 날이 밝으려면 아직도 긴 시간이 필요한 듯 불빛이 없는 곳은 옆사람이 누구인지조차도 구분하기가 쉽지 않았다.

성욱은 새벽 5시에 1톤 트럭에 탔다.

차가 약속된 장소에 이르자 기다리던 남녀 외국인들이 트럭 뒤칸에 잽싸게 타고는 바닥에 앉았다.

족히 10여 명은 넘어 보였다.

처음이라 그렇기도 하겠지만 어딘지도 알 수 없는 산 구릉지에 위치한 농장까지 차는 약 20여 분을 더 달리고서야 호수 물빛 같은 비닐하우스가 희미한 형체를 보였다.

아스팔트도로에 턱들도 있었지만 산속 농장이 가까워질수록 여기저기 비포장의 울퉁불퉁한 도로바닥은 말할 것도 없고 가끔씩 두더지처럼 불룩 솟아오른 돌부리는 온몸으로 인사를 해야만 했다.

덜커덕거리는 트럭 바닥과 엉덩이가 맞부딪히면서 느껴지는 아픈 신음을 꾹 참으면서도 트럭에서 자빠지지 않으려고 팔에 온 힘을 주어 애쓰다 보니 흐르는 눈물조차도 마음속에 숨어 버렸다.

떠오를 태양이 아직 잠을 자고 있어도, 그들은 녹슬고 낡아빠진 부르스타의 불빛에 끓인 컵라면으로 아침식사를 때웠다.

그 컵라면조차도 남보다 먼저 먹고 잠깐의 휴식이라도 취하려면 전쟁터에서 살아남기 위한 것처럼 눈치가 몹시도 빨라야 했다.

성욱은 처음이어서 쑥스러운 듯, 그들 맨 뒤에서 채 불지도 않은 밀가루 내음이 가득한 라면을 먹고 바로 일을 하려니까 위장으로부터 신물이 목젖을 타고 올라왔다. 간신히 어금니를 깨물며 입을 꾹 다물고는 구토를 하지 않으려 애를 썼다.

대개 육지에서의 우리들은 중간에 참을 먹고, 맛있는 점심은 꿀같이 먹으면 30여 분 정도의 잠을 자기도 했다.

그러고는, 오후 일을 하는 휴식시간에 간식이 있을 터인데 그들에겐 그럴 여유가 없었다.

점심은 작은 빵 하나에 음료수 하나가 전부였다.

일부의 여자들은 밥을 싸 오기도 했지만, 밥 한 덩어리에 반찬은 정말 무말랭이 달랑 하나였다.

그러고는 두 번째로 먹는 찬이 물이었다.

성욱은 그러한 모습을 스치듯 유심히 보았다.

아, 이런 것이 피땀 흘려 일한다는 삶의 현장인 듯싶었다.

그는 울컥한 마음에 그만 목이 메었다.

정치는 자유, 평등, 사랑을 무참히도 애쓰고 때로는 죽음도 불사하는 전쟁을 치렀지만 죽는 것은 이름 없는 국민이고, 영웅은 오롯이 위정자들의 몫이었다.

참으로 세상은 정의롭지도 않은 불공평하였다.

이들은 보이지 않는 곳에서의 자유도 평등도 없는 노예 아닌 노예의 삶을 살고 있는 듯 했다.

성욱은 죄인이 된 듯싶었다.

여자들은 4명씩 한 조가 되어 키위를 따기 시작했고 남자들은 18킬로의 키위상자를 15톤 트럭에 블록 쌓기를 하듯 나르고 쌓았다.

성욱은 그들 중 나이가 가장 많았지만 혹여나 20-40대인 그들에게 민폐가 될까 봐 황색의 하늘이 될 때까지 열심히 나르고, 트럭 위에 실었다.

하루에 하는 일이라곤 기껏해야 사람을 대하는 과정에서 상담하고 글 쓰고 결재하는 일밖에 하지 않던 그에게는 나이도 그러거니와 솔직히 너무 힘든 그 버거움에 머릿속의 고민을 헤아릴 여유조차도 없었다.

상자를 들던 손아귀에 힘이 빠지면서 놓아 버리고도 싶었다.

더구나 그 무게에 눌린 젖은 흙이 붙은 신발은 수렁 속의 발 꺼내기 같았다.

그에겐 하는 일이 너무도 힘에 부치다 보니 나중에는 허리의 혁대를 조이고는 그 위에다 상자를 걸쳐서 나른 후 트럭에 실었다.

그는 그날 하루만 하고 제주도를 떠나고 싶었지만, 모질게도 힘든 일에 머릿속의 생각들이 모두 녹아 버렸다.

이튿날도 똑같은 하루가 반복되었다.

조용한 학살

새벽 4시에 일어나 준비를 해야 했고, 오후 5시가 되어 일이 끝나면서 저녁을 먹고 7시가 되어야 숙소로 돌아올 수가 있었다.

땀에 젖은 옷은 삭힌 홍어 냄새 같은 쉰 냄새가 풀풀거리고 황토진흙이 묻은 젖은 신발은 물에 씻기면서 노동의 처절한 소리를 내곤 했다.

그럼에도 날마다 새벽의 트럭을 타는 외국인들은 힘들거나 못 하겠다는 말은 하지 않았다.

그들 앞에는 오로지 가족과 돈이 놓여 있을 뿐이었다.

그저 주어진 운명처럼 본국에 두고 온 처자식을 위해서 한국에 왔다.

물론 모두가 그렇지는 않았다.

개중에는 초심을 잃고 술, 도박, 여자들과의 동거를 하는 이들도 종종 있다는 이야기를 들었다.

일하는 그들 중에는 성욱과 같은 직업을 가진 이도 있었다.

아마도 본국에서 5-6개월 치의 벌던 임금을 여기에서는 1개월이면 벌 수 있기에 궂은 일 마다않고 일을 하는 것 같았다.

물론 본국보다는 이곳의 생활비가 많이 들기는 하지만 그래도 그들은 씀씀이를 최소화하려고 노력했다.

그가 보기에는 그들은 삶을 영유하는 것이 아니라 생존을 위하여 살고 있었다.

성욱은 우리의 60-70년대에도 독일로 간 광부나 간호사들, 일본으로 밀항선을 타고 막노동을 하며 생존을 했던 우리의 할아버지, 할머니들도 별반 다르지 않았을 것이라는 생각을 하니 왠지 모르게 그들에게 정이 갔고, 고마웠다.

그러면서도 적잖은 나이에도 눈물이 글썽거렸다.

그는 나흘 만에 제주도를 떠났다.

뱃고동 소리에 보고 싶어 기다림에 지친 사람들의 구멍 난 마음을 메워 주는 따듯한 정이 그리웠다.

거친 파도에 실려 오는 비릿한 짠 내음을 맡으며 다 쓰러져 가는 익숙한 선술집에 들어가서는 한 맺힌 주인 아낙의 구성진 노랫소리를 들으며 덥수룩한 수염을 적시는 막걸리 한잔의 여유로움이 그에게는 무엇보다도 절실했다.

그리 오래 살지는 않았어도 겨울 끝자락에 성큼성큼 내리던 눈발처럼 어린 시절의 아득한 추억이 남아 있던 고향으로 목적지를 정했다.

어느 노가수의 노랫말처럼 '정을 잃은 사람아, 고향으로 가자'고 하듯 일생을 바친 교육에 처절한 모멸감을 느끼던 자신도 그곳으로 가고 싶었다.

해변의 길을 따라 걸었다.

　　　　　　　　　　　조용한 학살

마음은 갈기갈기 찢겨 있어도 흡사 바닷속 해파리처럼 때로는 흐느적거렸다.

누구의 간섭도 없이 그의 생각대로 오롯이 할 수 있는 이 자유로움이 가끔씩은 진작 필요했을 터인데 그럴 여유가 없었던 자신이 못내 어리석었다고 느껴졌다.

그는 몇 해 전에도 이곳을 왔다. 기동 형이 가자며 제안을 했다.

형은 불빛이 출렁이는 저 다리를 보면서 어떤 여인이든 목마를 태우고 박인환의 '목마와 숙녀'를 모두 외운다면, 술을 1차부터 4차까지 사겠다는 제안을 성욱에게 했다.

성욱은 고등학교 국어책에 나왔던 그 긴 시를 모두 외워 본 적이 있었기에 지금도 1시간의 여유만 준다면 시를 외우는 데는 별 어려움이 없어 보였다.

그럼에도 그는 일주일만 여유를 달라고 시침을 떼는, 부릴지도 모르는 능청을 부리고선 혼자 웃으면서도 형에겐 몰래 미안해했다.

그러고는 장난삼아 한 제안이었지만 정말로 이곳을 왔다.

해변을 나란히 마주 보고 있는 휘황찬란한 두 백화점을 사이에 두고 나름대로의 긴 해변을 걸었다.

어둠에 묻혀 죽을 것만 같았던 검은 물빛은 별빛과 어우러진 자동차 불빛으로 은빛 멸치 떼처럼 숨을 쉬며 펄떡거렸다.

저만치서 칠보의 출렁이는 빛으로 치장한 뫼비우스의 다리가 보였다.

"아가씨는 구했어?"

형은 웃었다.

기동 형은 샌님 같은 성욱의 성격으로는 아마 지구가 무너지면 모를까 목마를 태울 아기씨는 결국 못 구할 것이라는 것을 뻔히 알면서, 마음으로는 이미 술을 사 줘야겠다고 생각을 했으면서도 짓궂은 내기를 진행했다.

성욱은 젊은 부부에게 눈인사를 찡긋하고는 함께 있던 꼬마 아가씨를 번쩍 안아서 목마를 태우고는 '목마와 숙녀'를 읊기 시작했다.

꼬마는 웃으며 엄마를 보고 있었다.

"장 선생, 이건 노게임이야."

형이 웃으며 제지를 했다.

그리고 꼬마 아가씨를 안아 주고는 "미안해. 저 아저씨가 반칙했네" 하며 주머니에서 지폐를 몇 장 꺼내더니 "과자 사 먹어" 하면서 그녀의 손에 꼭 쥐어 주는 것이었다.

"형, 그렇지만 꼬마 아가씨도 여자는 여잔데?"

성욱도 웃으며 투덜댔다.

"장 선생, 넌 아가씨 못 구한 벌칙으로 술은 자네가 사야겠네.
이거 오늘 로또 당첨된 기분이네. 흐흐흐."

형은 정색을 하면서도 웃고 마는 짓궂은 장난을 쳤다.

성욱은 형 몰래 젊은 부부에게 내기 사정을 알려 주고 미리
양해를 구해서 섭외를 했던 것이었다.

옆에서 지켜보던 젊은 부부도 웃음을 참지 못하고 즐거워
하면서 부부끼리 무언가 귓속말을 주고받더니 아이의 엄마
가 대뜸 성욱의 팔을 붙잡았다.

그러면서 성욱의 등 뒤에서 엎드리라며 망설이는 그의 어
깨를 누르고는 잽싸게 목마를 탔다.

성욱은 그녀의 행동을 거부할 틈도 없이 엉거주춤한 상태
에서 어쩔 줄 모른 채 남편을 바라보았다.

"어서 빨리요."

그는 형의 눈치를 살피면서도 웃으며 빨리 진행하라는 손
짓을 했다.

성욱도 터져 나오는 웃음을 애써 삼키면서 시를 모두 외웠다.

그는 아이 엄마를 내려놓고는 젊은 부부에게 허리를 90도
로 굽혀 인사를 했다.

"아이고, 젊은 당신들 때문에 내 주머니에서 돈 나가게 생
겼네."

형은 웃으면서 인사를 하는 젊은 부부에게 익살맞게 투덜
거렸다.

　　"저 샌님 기를 살려 줘서 내가 고맙소."

　　그러면서 형은 젊은 부부에게 웃으면서 악수를 청했다.

　　그들도 함박웃음을 지으며 여행의 좋은 추억거리가 되었
다며 몇 번씩 인사를 하고는 헤어졌다.

　　성욱은 그때의 기억을 더듬었다.

　　입가에는 자신도 모르는 멋쩍은 웃음이 물에 푼 물감처럼
번졌다.

　　언젠가 그곳에 다시 가면 그도 그렇게 한번 실행해 보리라
는 메시지대로 중심부에서 조금 벗어난 곳에서 탁배기와 곁
들인 고래 고기를 안주 삼아 처음으로 먹어 보았다.

　　고래 고기는 입속에서 여인의 향기로운 젖무덤처럼 물컹
거렸다.

　　고기 맛은 흡사 돼지비계를 날것으로 먹는 느낌이 들기도
했지만 씹으면 씹을수록 가끔씩은 고소한 맛이 혀를 황홀하
게 했다.

　　얼마 동안을 그렇게 걸었다.

　　이제는 현대사에서 같은 민족끼리 그렇게도 모질게 서로
를 죽이고 이념으로 형과 아우가 서로의 가슴에 총구를 들이

　　　　　　　　　　　　　　　조용한 학살

대던 비극적인 6·25전쟁의 아픔이 서려 있는 돼지국밥을 먹었다.

배가 고파서라기보다는 멜랑콜리한 지금, 그 무엇인가 자신의 기분을 전환시켜 줄 추억이 필요했기 때문이다.

그는 봇짐 메고 길 떠난 수행자처럼 걸으면서 머릿속에는 수많은 잡동사니를 찍는 영화감독이 되어 있었다.

다시금 머리가 사나워 이미 어두워진, 불 비치는 바다를 보았다.

철 지난 바닷가 백사장에는 아침 햇살을 기다리는 모래 속 양미리처럼 어둠이 숨 쉬고 있었다.

저 멀리 수평선 위로는 형형색색의 무지갯빛으로 장식한 긴 다리 위로 내닫는 끝없는 자동차 불빛이 물빛에 어우러져 현란한 탱고를 추고 있었다.

그는 납작한 돌 몇 개를 주워 어린 시절의 추억을 곱씹으며 물수제비를 날려 보았다.

나이가 들만치 든 그마저도 지금의 행동이 멋쩍어 보였던지 주체 못 할 묘한 웃음이 입가에 흐르고 있었다.

끝이 어딘지도 모른 채 한참을 걷다가 갔던 길로 되돌아왔다.

딱히 배가 고프지는 않았지만 밤늦은 바에서 홀로 외로운 술잔을 기울이며 고독을 일삼는 영화 속의 멋들어진 장면처럼 그도 술 한잔을 하면서 혼자만의 낭만을 찾고 싶어졌다.

해변을 따라 늘어선 끝이 보이지 않는 불야성의 상점들이 바다의 물결처럼 출렁이며 마법의 성을 이루고 있었다.

그는 조용할 것 같으면서도 이지적인 이름을 가진 집을 찾았다.

1층과 2층으로 되어 있었지만, 운치 있는 밤바다의 풍경이 잘 보이는 2층의 창가에 자리를 잡았다.

바로 앞쪽에는 성욱의 나이 또래나 된 듯싶은 여자들 3명이 즐거운 시간을 보내고 있었다.

평소 같았으면 혼자서 술을 마시는 것이 얼마나 멋쩍은지 알 수도 있었지만, 오늘만은 그런 의식을 하고 싶지 않았다.

그는 입속의 와인을 음미하듯 차가운 술 한 잔을 마시면서 바다에게도 한 잔을 건넸다.

어둠 속에 포말을 일으키며 그를 위로하는 바다가 내민 하얀 술잔은 그가 다시 마셨다.

의식하지 않았던 앞쪽에서 작은 실랑이가 벌어졌다.

"뭐 필요한 것 있으세요?"

1층에서 종종걸음으로 달려온 종업원이 물었다.

"아니, 제가 주문을 하려던 것이 아닌데, 팔꿈치에 그만 실수로 벨이 눌려서… 죄송합니다."

조용한 학살

여자는 본의 아니게 저지른 잘못으로 정말 미안해했다. 아마 자신도 모르게 테이블 위에 방개처럼 붙어 있던 직원 호출용 벨을 눌렀던 모양이었다.

"에이, 정말….."

종업원은 자신의 신분을 잊은 듯 짜증스럽게 1층으로 내려갔다.

그러기를 얼마 동안 시간이 흘렀다.

1층에서 계단 밟는 소리가 요란스레 들렸다.

문이 열렸다.

"또 뭐여요?"

전에 왔던 그녀는 화가 난 듯 큰소리로 말했다.

음식을 먹으면서 이야기를 하다 말고 모두들 그녀를 쳐다보았다.

"어쩌죠? 그만 조심한다는 것이 또 그렇게 됐네요. 죄송해요."

가냘픈 모습의 그녀는 무슨 큰 죄라도 저지른 듯 어쩔 줄 몰라 했다.

"그러기에 조심하면 될 걸 한 번도 아니고 두 번씩이나 뭐 하자는 거예요?"

종업원은 자기가 최고인 듯 주변 사람들은 아랑곳하지 않은 채 큰소리로 말했다. 그러고는 그녀를 칠 듯이 번쩍이는 눈매가 불이라도 뿜을 것처럼 매서웠다.

"정말 죄송해요. 미안합니다."

여자의 목소리는 두 번 다시 말을 못 할 것처럼 떨렸다.

"에이, 살다 살다 별꼴을 다 보겠네."

종업원은 주객이 바뀌어도 한참 바뀐 듯 거칠게 다음 말을 또 하려는 듯 입을 삐쭉거렸다.

"잠깐만요. 여보세요, 여긴 손님이잖아요.

그리고 다른 손님들도 있는데 이렇게 큰소리치면 됩니까?"

성욱은 하늘에 치솟을 듯 기세등등한 종업원을 쳐다보았다.

그녀는 아차 싶었던지 그제야 칼날 같던 눈이 부드러워졌다.

"그리고 손님이 실수할 수도 있죠.

상을 고의로 엎은 것도 아니고 술병을 집어 던진 것도 아닌데, 이렇게 고양이 쥐 잡듯 몰아붙여도 됩니까?

하물며 벨이 귀퉁이에 있어서 누구라도 그런 실수를 하겠던데 이분만 그런 실수를 했습니까?"

성욱도 화가 난 듯이 그녀를 뚫어지게 쳐다보며 목소리를 높였다.

"아니, 저 그런 게 아니고, 하도 올라오다 보니 그만….”

종업원은 그제야 하려던 말을 멈추고 목소리가 가늘어졌다.

"내가 옆에서 봤는데 참다못해 말하는 것이요. 아무리 자신이 힘들다고 손님을 이리 몰아붙이면 좋은 음식과 분위기 있는 이곳을 다시 오겠소?"

"죄송합니다."

종업원은 그제서야 미안한 듯 자신의 잘못에 사과를 했다.

"나한테 하지 말고 이 손님한테 사과하시오. 아님 사장님을 부를까요?"

성욱의 다그침에 종업원의 목소리는 한결 부드러워졌다.

"손님, 제가 너무 무례하게 굴어서 죄송합니다."

그녀는 실수한 손님을 보면서 고개를 숙이고는 사과를 했다.

"아닙니다. 다 저 때문에 일어난 일인데 괜찮아요."

오히려 그녀는 더 미안하듯 손사래를 쳤다.

"아닙니다. 제가 그만 바쁜 마음에 짜증이 나서요.

다시 한 번 죄송해요."

"이제 그만 됐소. 오신 김에 여기 맥주 두 병이랑 소주나 한 병 갖다 주세요."

그러고는 성욱도 자리에 다시 앉았다.

잠시 후에 종업원은 술을 가져다주면서 그에게 고개를 숙이고는 쏜살같이 1층으로 내려갔다.

그는 앞자리의 일행들에게 맥주를 가져다주었다.

"아까는 너무 고마웠습니다. 서빙하시던 그분에게 어떻게 사과해야 될지 몰랐거든요. 괜히 혼자 술 드시는데 저 때문에 이런 사달이 나서 정말 죄송합니다."

그녀는 비록 나이를 먹었어도 곱상한 모습에 소녀처럼 말을 했다. 그러면서도 험한 세파에 찌들지 않은 온실 속의 화초같이 세상을 산 듯 순수해 보였다.

"아닙니다. 제가 뭐 한 게 있다고. 그렇게 안 미안해하셔도 됩니다."

그는 오히려 겸연쩍은 듯 손사래를 쳤다.

같은 테이블에 앉은 일행들도 당신이 아니었으면 우리가 봉변을 당할 뻔했다며 그에게 많은 칭찬과 감사 인사를 전했다.

그러면서 그들은 서울에서 동창끼리 이곳으로 옛 추억의 수학여행을 왔다고 했다.

성욱은 이토록 인간적인 즐거움을 만끽했던 일은 실로 오랜만이었다.

그는 그녀들과 술잔을 주고받으며 이런저런 이야기를 나누다 본래 앉았던 자리에 앉았다.

성욱은 다시 현란한 춤사위로 출렁이는 불빛으로 살아 있는 해변의 야경을 보면서 묘한 생동감을 느꼈다.

"저 괜찮으시다면…."

조용한 학살

조금 전 봉변을 당했던 그녀가 뒤돌아 앉아 있는 그에게 술을 권했다.

"서형선이라고 해요."

그녀는 그의 술잔에 술을 따르면서 본인의 이름을 알려 줬다.

"장성욱입니다."

갑작스런 그녀의 제안에 술을 받고는 그도 그녀의 술잔에 술을 부었다.

그녀는 다소곳이 술을 받고는 웃음을 지었다.

그는 살포시 웃는 그녀를 보면 볼수록 사람을 궁금하게 만드는 묘한 끌림이 있다고 느껴졌다.

그렇다고 새침데기 같지는 않았다.

"저희야 친구끼리 여행을 왔지만 어쩐 일로 혼자 술을 마시고 계셔요?"

"아, 저도 바람 쐬러 왔습니다."

"그러셨군요.

친구들이 너무 과분한 친절을 베푼다는 눈총을 주어 서먹서먹해서 망설이긴 했지만, 그래도 정말 고맙다는 인사를 다시 드리고 싶어서요."

"그럼 그 고마움을 이 술잔으로 받겠습니다."

그와 그녀는 서로 술을 따라 주면서 같이 마셨다.

"혼자 그냥 여행을 왔다 해도 무슨 이유가 있을 터인데, 무슨 어려운 일이라도 있어 이리 혼자 오셨나 봐요?"

그녀는 조심스레 그의 반응을 살폈다.

"네, 조금 생각할 것이 있어서 훌쩍 떠나왔는데 바다의 파도소리가 듣고 싶기도 하고 또 어릴 적 고향이라 이곳으로 왔습니다."

"에구, 살면서 혼자 깊이 생각할 일은 없어야 할 텐데.

그래, 생각했던 일의 결심은 하셨어요?"

그녀는 처음의 만남임에도 자기 일이나 된 듯 세심한 관심을 보였다.

"아니요, 아직….”

그는 말끝을 흐렸다.

"혹시 주제넘긴 하지만 어떤 문제로?

저도 도울 수 있는 일이 없나 싶어서요. 굼벵이도 기는 재주가 있거든요."

형선은 조심스러워하면서도 웃고 있었다.

"네, 그렇긴 하지만….”

그는 처음 만난 사람에게 자신의 문제를 이야기한다고 해서 해결될 문제도 아닌데 굳이 할 필요성이 있나 싶어 망설였다.

"불편하시면 안 하셔도 돼요. 하지만 제가 남을 꿰뚫어 보는 묘한 재주가 있거든요.

그래서 물었어요. 왠지 제가 도와드려야 할 것 같아서요."

"네, 말씀만 들어도 감사합니다."

누구든 사람들의 고민은 크게 서너 가지를 벗어날 수가 없다.

그것은 자기 위치의 변화, 돈, 여자, 가족 문제다.

이 모든 문제의 해결은 대개 돈과 법의 권력으로 귀결된다.

그렇다면 처음 본 사람에게 돈은 안 줄 것이고, 다음은 법인데, 이 여자가 무슨 법의 힘을 가지고 있을까?

성욱은 머리가 복잡했다.

하지만 더 이상 깊은 생각을 않기로 했다.

"그럼 지금은 곤란하다면 혹시 도움이 될지도 모르니 제게 전화번호 좀 주실 수 있으세요?"

그는 오늘 처음 보는 여자에게 반신반의하면서도 그녀가 내미는 휴대폰에 자신의 번호를 찍어 주었다.

얼마 지나자 형선의 두 친구들도 먹던 테이블을 정리하고 웃으며 자리에 앉았다.

"저희 갈까요? 아님 여기 합석할까요?"

씩씩하게 보이는 한 친구가 물었다.

"아, 예, 좋습니다. 저도 혼자 마시면서 센치한 분위기 좀

잡으려 했는데, 이미 물 건너갔죠. 오히려 술동무가 이리 있어 다행입니다. 앉으시죠."

성욱은 웃었다.

"앞에서 듣자 하니 뒤통수가 간지러워서요.

아까는 꼼짝을 못 하더니 이년이 작업하고 있는 소리도 들리는 것 같은데요?

그럴 용기였음 진작 그 종업원한테 따질 것이지. 정말 웃겨."

친구의 말에 잇몸이 드러나도록 웃으면서 서로의 술잔을 주고받았다.

그들은 동창들끼리 여행을 온 사이여서 그런지 스스럼없어 보였다.

"여긴 처음이세요?"

"아니요, 다들 살면서 한두 번씩은 와 봤지만 어디가 어딘지 잘 모르겠어요."

"맞습니다.

저도 여기가 고향이긴 하지만 오래전에 떠나와 고향이라는 향수만 혼자 가지고 있지, 그다지 특별한 애정이 남아 있진 않습니다."

"예전엔 그렇지 않았지만 지금은 이사들을 하도 많이 하니까 그렇지 않겠어요?

172

그런데 사투리는 전혀 안 쓰시네요?"

"네, 지금이야 전국, 심지어 제주도까지 오전 생활권이지만, 오래전엔 직장 이전 등의 이유로 이사하는 이들이 많질 않다 보니 사투리 쓴다고 놀림을 하도 많이 받아서 쓰지 않으려고 많이 고쳤습니다. 직업상 그렇기도 하고요."

"그러셨군요."

그의 말에 그녀들은 고개를 끄덕였다.

"그런데 여기 온 목적을 물어봐도 될까요?

혹시 부인하고 다투셨나? 불편하시면 말씀 안 하셔도 됩니다."

형선의 일행도 궁금증은 비슷한 모양이었다.

"이미 물었으면서 불편하면 안 해도 된다는 것은 안 하면 대화가 멈출 수밖에 없으니 이건 꼭 해야 대화가 이어진다는 협박 아닌가요?

한배를 탄 조력자로 술까지 드렸는데 이건 좀 센 것 아닙니까?"

집에서는 돌부처도 서러울 만큼 묵언하던 그놈은 어디 가고 놀랍도록 익살을 부리는 성욱은 자기 자신에게 참을 수 없는 웃음이 튕겨져 나왔다.

"아, 그런 의미로 받아들였다면 실례했어요.

그냥 할 말이 막혀서 그런 것이니 아무 의미 갖지 마셔요."

그녀는 말을 해 놓고는 실없는 것처럼 괜스레 멋쩍어 했다.

"아닙니다. 처음 만났기에 더더욱 개인의 기본적 신상은 서로가 아는 게 맞습니다.

제가 교육 쪽 직장을 다니다 지금 어려움에 처해 있는 상태입니다.

자세한 말씀은 좀 그렇고….

이제 고민은 제 몫이니 그 부분은 그냥 넘어가죠. 오늘처럼 즐거운 여행에…."

그는 잠시 말을 멈추고는 그녀들에게 술을 한 잔씩 권했다.

형선도 성욱의 잔에 술을 따라 주고는 잔을 부딪치며 마셨다.

"잘 알겠습니다. 일단 나쁜 사람 아니니 안심하겠습니다.

저년 잔만 받지 말고 제 잔도 받으시고."

그런 말을 한 그녀도 익살스레 웃었다.

"내일 떠나시나요?"

그가 물었다.

"네, 아무리 자유부인으로 여행을 왔지만 더 있다가는 남편이 문밖에서 가방 주고 내쫓으면 갈 데가 없어서요."

모두들 익살스러운 그녀의 재치에 한바탕 웃음이 홀 안을 메웠다.

조용한 학살

"얌전한 고양이 같은 저년은 남편 빼고는 자식 복도 많은 데다, 여행을 와도 챙겨 주는 남자가 있네.

지가 전생에 나라를 구했나? 하, 참. 팔자가 기가 막히네.

이년아, 회비는 관두고 2차는 네가 사라."

그녀는 형선을 보면서 말도 맛깔스레 하였다.

"그래, 알았어. 2차 생맥주는 내가 살게.

안 그러면 네년 말이 더 거칠어질까 겁이 나서 입막음 한다.

대신 오늘의 킹카이신 이분께는 덤비지 마라."

요조숙녀 같았던 형선의 입에서 전투적인 욕이 튀어나와 모두들 웃고 말았다.

"이년아, 욕도 하던 내가 해야지, 너같이 세상물정 모르는 착한 년이 욕하면 욕이 웃는다.

그러니 배신 때리지 말고 본분 지켜라."

형선의 친구는 걸걸한 성격에 입도 야무졌다.

"그건 배신이라 할 수 없죠.

배신이라면 착한 저년이 두 친구 분들께 다시는 안 볼 요량으로 위해 즉 해코지를 가하는 건데, 형선 씨 이분들 안 보실 겁니까?"

성욱이 그녀를 보며 정색을 하면서도 웃었다.

"그럴까요? 흠."

형선이 발그레한 얼굴로 그녀답지 않은 새침을 띠었다.

"와, 이 아저씨 참말로 무섭네.

요년은 또 평소 안 하던 끼를 다 부리고, 하하.

그렇게들 안 봤는데. 좋아요, 배신이란 말 취소합시다.

대신 이년을 포박해 가겠습니다. 그래도 되죠?"

"아이 참, 죄송합니다.

제가 졌습니다."

성욱은 그녀에게 고개를 깍듯이 숙였다.

그녀들은 모두 박장대소했다.

"참 재미있으신 친구들이라 만나시면 즐겁겠습니다."

성욱도 모처럼 그녀들의 말투에 웃을 수밖에 없었다.

"아니요. 그냥 인상 좋은 남정네 만나서 오래된 만남처럼 말이 통하니 저희도 너무 즐거워 놓 한번 세게 했습니다."

"어떠신가요? 즐거우셨죠?"

"네, 고민거리를 가지고 왔는데, 찾긴 찾아야 할 터인데 어디로 갔는지 못 찾겠습니다."

성욱은 그녀들의 유쾌한 수다에 웃으면서 고마움의 고개를 숙였다.

모두들 그렇게 즐거워하면서 횟집을 나왔다.

해풍에 실려 오는 파도소리는 경쟁에 치여 처절히 살아왔

조용한 학살

었던 그들에게는 남도에서만 느낄 수 있는 청량한 콜라 한 잔 같았다.

검은 바다 위 멀리서는 고기잡이배들이 물고기들을 유혹하느라 오색의 현란한 불빛으로 춤사위를 펼치고 있었다.

'은하수를 한번 잡아 봐?'

그럴 요량처럼 사람들이 추억을 간직하려는 환상의 불꽃놀이는 하늘로 향하는 저마다의 아름다운 문신을 그렸다.

그들은 항상 바쁘게 살았던 일상을 벗어나 가는 것도 오는 것도 아닌 병아리 걸음으로 해변을 걸었다.

그들은 수많은 조개껍질이 왜 깨졌는지 칠보의 아름다움을 그렇게 비춰도 그 연유를 묻지도 않은 채 그저 발 가는 대로 마음 가는 대로 발걸음을 옮겼다.

해변을 걸을 때마다 살짝 들어간 발밑 모래자국은 긴 줄을 이어 지나간 이들의 이야기를 엮고 있었다.

멀리서 육지로 향하는 파도는 한 번에 오지 않고, 사람 애간장을 태울 요량인 듯 바람을 흔들어 포말을 일으키고, 다시금 힘을 모아 거대한 흰 바위들이 돼서 지나간 이들의 가슴 시린 발자국의 이야기들을 지워 버렸다.

아, 그래서 산은 생각을 깊이 하고 바다는 생각을 지워 버린다고 했던가?

그때 휴대폰의 알람이 울렸다.

성욱은 잠시 걸음을 멈추고 습관대로 휴대폰을 확인했다.

낯선 번호로부터 문자가 왔다.

그것은 죽은 조 교사의 어머니가 보낸 문자였다.

문자내용을 살펴보고는 그의 얼굴이 굳어졌다.

"안 좋은 연락인가 봐요?"

같이 걷던 형선이 굳어진 그의 얼굴을 보면서 물었다.

"네, 직장에서 무슨 일이 있었는데 뜻밖의 연락이어서요."

그러면서 그는 문자의 내용을 다시 확인했다.

"좋은 연락이었으면 좋겠는데…."

그녀는 조심스레 말끝을 흐렸다.

"저하고 소송이 걸렸던 사람이 죽었는데, 웬일로 그녀의 어머니가 한번 만났으면 좋겠다고 하네요.

전해 줄 게 있다고요."

"송사로 서로 안 좋은 관계였음에도 성욱 씨를 한번 보고자 하는 부탁이라면 어쩜 좋은 일이 될 수도 있지 않을까요?"

"그럴 수도 있지만 그분도 자식 잃은 슬픔이 아직 가시지를 않았을 텐데요.

저도 즐거운 만남은 아니라서."

그러면서도 성욱은 그녀의 조언대로 서로가 힘든 시간이

조용한 학살

지만 한 번쯤 만나 보리라는 막연한 생각을 했다.

"그래도 한번 만나 보세요. 안됐지만 그분을 위로해 준다는 긍정적인 마음으로요.

혹시 알아요? 위기 전환의 좋은 기회가 될지요."

그녀는 차분하면서도 긍정적이었다.

누가 먼저랄 것도 없이 어느새 그녀는 그와 팔짱을 끼고 있었다. 모래를 밟자면 뒤뚱거려 가끔은 균형 잡기가 쉽지 않아서 그의 팔을 잡다 보니 자연스레 팔짱을 끼게 되었다.

조금 떨어져 앞서서 해변을 걷던 친구들이 뒤돌아서서 그 광경을 보고는 그대로 놓칠 리가 없었다.

"잘하는 짓이다. 누가 보면 부부인 줄 알겠다.

이년아, 너 그러다 큰일 난다."

두 친구들은 메롱 하듯 입술을 내밀며 형선을 놀려 댔다.

"어머."

그녀도 팔짱 낀 자신의 모습에 깜짝 놀라 찌릿한 전기가 오는 듯 마냥 웃었다.

"쯧쯧쯧, 과부가 외롭긴 외로운 모양이네."

"애들도 참. 그러다 나 삐지는 수가 있어?"

"알았어. 저것은 삐지는 것보다 웃는 게 더 예쁘제."

그들은 서로의 대화에 웃음을 참지 못했다.

걸었던 해변이 끝나는 지점에서 길을 건너 상가 지역으로 향했다.

그들은 고대 유럽의 성문처럼 육중하면서도 고풍스러운 문으로 장식된 레스토랑으로 들어갔다.

'샤넬이 없으면 젊음도 없다'는 향수처럼 맥아향이 은은하게 코끝을 자극하면서 입술을 품은 크림맥주는 취하고 싶은 욕망으로 목젖을 적셨다.

성욱은 그동안의 찌든 시름이 이 맥주 한 잔으로 모두 날아갔으면 좋겠다는 생각이 퍼뜩 스쳤다.

그는 맥주를 쭉 들이켰다.

"이제야 기분이 풀린 모양이군요."

한 친구가 서로의 잔을 부딪치며 성욱을 보면서 하는 소리였다.

"왜 안 그러겠어? 여자가 셋에다 학센 안주에 맥주까지.

그 좋은 평양감사도 이런 분위기의 맥주는 못 마셔 봤을 거 아니니?

거기다 조신한 처녀 같은 아줌마도 옆에 있지.

하늘에서 내려다보는 내가 조물주라도 부러워서 땅으로 강림하겠다."

입심 좋은 친구의 걸쭉한 농담에 그들의 웃음이 갑판 위 생

조용한 학살

선처럼 온 실내를 퍼덕거렸다.

"감사합니다. 이렇게 좋은 음식과 자리를 만들어 주셔서요."

성욱도 엷은 미소로 화답했다.

"그런 말씀 마세요. 우리도 셋이 오긴 했지만 자칫 여행이 밋밋하게 흘러갈 수도 있었지요.

그런데, 오늘따라 이리 다이내믹한 일들이 있어서 잠시 모험의 놀이기구 배를 타고 즐기듯 시간을 이리도 잘 보내고 있으니 걱정하지 마세요. 안 그래?"

또 다른 친구가 뜻밖의 만남에 좋은 의미를 부여했다.

"그러게요. 저도 좋은 분 만나서 친구할 수도 있을 것 같은데."

형선은 꾸밈없는 미소를 띠었다.

"얘가 먼저 친구하자고 성욱 씨한테 침을 바르네.

그럼 우린 고민 좀 해 봐야겠는데. 다신 안 볼걸.

야, 얼른 일어서라. 지금 우리 나가자.

네년 그냥 두었다간 아무래도 일 저지를 것 같으니.

요 엉큼한 게 글쎄, 점잖은 고양이 부뚜막을 먼저 올라간다더니 옛말 하나도 틀린 말이 없네."

그러면서 친구는 형선을 일어나라는 듯 팔을 붙잡아 당기는 장난을 쳤다.

"하하하. 그래, 맞아. 요것이 뒤에서 호박씨 까려는 게.
우리가 그렇게는 못 참지."

가만있던 한 친구도 기어이 맞장구 대열에 동참했다.

모두에게 벌주로 술을 한 잔 더 먹기도 했지만 대개는 형선
과 성욱이 그 벌을 도맡아 받았다.

일순 두 사람에게 의도적이긴 했어도 그 재미와 농담이 붙
어서 그렇게 모두들 웃었으며 한동안 즐거운 시간을 보내고
헤어졌다.

헤어지면서도 나이답지 않은 그녀들의 천진난만하면서도
짓궂은 장난은 계속되었다.

마주 본 성욱에게 형선을 밀어 놓고는 다시 돌려세우는 장
난을 치다가 아쉬운 마음으로 서로 작별인사를 주고받고는
각자의 숙소로 향했다.

성욱은 아주 작은 간이 테라스에 앉아 룸 냉장고 안에 있던
캔 맥주를 꺼내 한 모금 씩 들이켰다.

그러고는 어둠의 끝자락 멀리서 고기 잡는 배들의 불빛이
바다를 갈라놓는 한 폭의 그림을 보면서 잠시 감상에 젖었다.

그러면서 조민시의 어머니가 보내 온 문자의 내용을 확인
해 보았다.

성욱은 일단 만나겠다는 약속과 함께 내일 오전에 전화를

하겠다는 문자를 보냈다.

그러고는 형선이 궁금해하던 내용을 간단하게 적어 보냈다.

'혹시 알아요? 어쩌면 도움이 될지도 모르니 좀 더 상세한 내용을 보내 줄 수 있나요?'

한 시간이 지난 후에 그녀로부터 문자를 받았다.

그는 그간의 일들을 필요할 때 쓰려고 정리해 두었던 내용을 그녀에게 보냈다.

아울러서 죽은 조 교사의 어머니가 소송관계에서 딸이 자신을 고소했던 내용 등의 여러 일들이 적혀 있는 메모노트를 찾았는데 그 일로 만나길 원한다는 문자의 내용도 카피를 해서 보냈다.

그녀로부터 내일 오전에 통화를 하자는 문자가 왔다.

어둠에 잠시 일상을 물렸던 아침 햇살이 붉으면서도 금빛 기운을 몰고 와서는 수평선 위로 튀어 올랐다.

반대쪽 하늘에서는 몹시도 아쉬운 양 금방이라도 지워질 듯 희미한 달그림자가 그리던 눈썹을 포기한 여인처럼 초췌한 모습으로 서 있었다.

달은 박수칠 때 떠나라는 말도 모르는 우리네 인생처럼 자신의 미련에 집착하고 있는 듯했다.

자연은 잠시 한숨을 내뿜었다.

아침밥을 하는 시골의 구수하면서도 오래된 굴뚝 연기처럼 희미한 안개 속에서 그는 해변을 걷고 있었다.

어제의 좋은 만남과 기분에 술을 좀 마시기는 했어도 몸이 그리 무겁지는 않았다.

바다의 파도는 희미한 안개 사이로 해맑은 얼굴을 내밀고는 더욱 영롱한 자태의 포말이 되어 힘차게 해변을 등산하는 양 기어오르고 있었다.

해변을 걷던 어떤 이가 화들짝 놀랐을 때는 이미 신발을 적셔 놓고는 나 몰라라 저 멀리 달아나는 파도가 밉상이기도 했다.

성욱이 조금 떨어져 있는 곳에서 그런 모습을 보고는 소리 없는 웃음이 흘러내렸다.

휴대폰 벨이 울렸다.

'굿모닝,

잘 잤어요?

친구들이 아침 식사 안 했으면 같이 하는 게 어떻겠느냐고 제안을 해서요.'

형선이 보낸 문자였다.

'그대의 마음만큼이나 멋진 아침입니다.

잘 잤습니다.

조용한 학살

숙취는 괜찮으신가요?

세 분이서 오붓하게 드셔도 되는데, 실례가 안 된다면 그렇게 하시죠.

제가 좋은 곳을 알고 있습니다. 복국은 어떠세요?'

성욱이 문자를 보냈다.

조금 있다 만나자고 연락이 왔다.

그녀들의 긴 머리 빛깔은 어떻게 요술을 부렸는지 깔끔하면서도 햇빛에 어우러져 윤이 나도록 반짝거렸다.

그녀들은 어제의 복장과는 달리 오늘은 또 모델처럼 화사함의 새로운 변신을 하였다.

"어제만 해도 못 보았는데, 오늘은 아침부터 새로운 여신들이 왕림하셨네요."

그는 장난스러운 말을 하면서도 정중하게 머리 숙여 인사를 했다.

그녀들도 각각의 나름대로 그와 인사를 나누었다.

그러고는 언젠가 봐 두었던 복국 집으로 안내를 했다.

메뉴는 복어지리탕으로 단출했다.

까치복과 참복이었다.

가격은 2-3천원 차이였다. 참복은 비싸지만 고기 식감이 쫄깃한 것이 일품인 반면 까치복은 부드러우면서 시원한 국

물이 진국이었다.

그들은 각자 개성대로 선택을 하여 맛있게 먹었다.

"참 음식점도 잘 고르시고, 음식 추천도 잘하시네요. 잘 먹고 감동받았습니다."

"뭘요? 잘 먹었다니 저도 행복합니다.

이제 일정이 어떻게 되시죠? 전 바빠 좀 올라갈 일이 갑자기 생겨서요."

"아, 그러세요? 저희는 계획된 곳이 있어 오후에나 올라갈 예정입니다."

형선의 친구가 말했다.

그들은 못내 아쉬워하면서 헤어졌다.

조금 후에 형선이 문자를 보내왔다.

아무리 친해도 친구들 앞에서 대놓고 성욱의 이야기를 못 꺼내겠다며 미안하다고 문자를 보냈다.

'오늘 그분 만나서 어떤 내용의 말씀을 하시는지 들어 보시고 통화를 하죠.

괜찮으시겠죠?'

'네, 그런데 도움이 될 수 있다는 것은 어떤 의미죠?'

'아, 그게 어제 보내주신 내용 그대로 제 딸에게 보내 주었어요.

아침에 아이로부터 연락을 받았는데 그런 억울함은 항소를 해 보는 것이 좋을 것 같다고 하네요.

그러면서 항소를 안 하면 그 억울함과 마음의 멍에를 고스란히 안고 살아야 하니 마음의 병이 생긴답니다.

꼭 항소를 하여 다시 결과를 확인했으면 좋겠다고 제안을 하네요.'

'실례지만 따님은 법에 대해 잘 아시나 봅니다.'

성욱이 문자를 보냈다.

'예, 오늘 그분 만나신 후 알려 드리려고 했는데 딸이 변호사입니다.

그리고 제가 잘 아는 분이라고 말했어요.

아무튼 잘 만나고 다시 올라오셔서 통화를 하죠.'

'감사합니다. 괜히 제 일로 번거로우셔서 어떻게 하죠?

어쨌든 만나 보고 연락드리겠습니다.

좋은 여행 하시고 조심해서 올라오세요.'

그녀와는 어제의 사소한 일로 만난 후 오늘이 이틀째인 짧은 만남이었다.

그럼에도 마치 오랜 세월 동안 알고 지내 왔던 사람인 듯 그 고마움은 말할 것도 없이 너무나 마음이 편했다.

그러면서 그녀의 기본적인 인간성이 따뜻하면서도 마음이

여린 것은 어제 오늘의 경험에서도 충분한 파악이 가능했다.

하지만 그녀가 지금까지 어떤 세상을 어떻게 살아왔는지에 대한 그 궁금함이 새벽 강가에서 피어오르는 물안개 같았다.

조용한 학살

제4장

이기는 자, 지는 자

난 저주받을 그들을 위해서는
눈물 한 방울도 아깝다고 생각했다.

그는 올라오는 도중 휴게소에서 조 교사의 어머니에게 전화를 걸어 만날 약속 시간과 장소를 알려 주었다.

　성욱은 커피숍에 들어와서는 구석진 곳에 홀로 앉아 있는 여자가 죽은 조 교사의 어머니임을 알았다.

　"안녕하셔요, 장성욱입니다."

　"네, 교감 선생님. 저는 조민시의 어머니입니다."

　"조 교사 떠나보내고 몸과 마음을 좀 추스르셨습니까?"

　"네, 자식이 죽어서 이젠 없다고 생각하니 잘해 주지 못한 것이 가엽기만 하네요.

　예전엔 안 그랬는데 나일 먹을수록 하도 속을 썩여서 안 보니 다행이다 싶었는데, 이제는 막상 없다 생각하니 또 그립네요."

　그녀는 말을 채 잇지 못하고 잠시 눈시울을 붉혔다.

　"하지만 어쩌겠습니까? 그래도 자식인걸요."

　중년이라고 하기엔 나이가 좀 들어 보이는 그녀는 흐르던

　　　　　　　　　조용한 학살

눈물을 손수건으로 훔치고는 말을 이었다.

"교감 선생님도 어느 정도 아시겠지만 그 아이가 집하고는 담을 쌓았습니다.

한 10여 년간은 우리와 전혀 왕래가 없었습니다."

"그러셨군요. 제가 좀 더 챙겼으면 좋았을 텐데. 미안하게 됐습니다.

예전에는 절 잘 따랐는데 얼마 전 저와 소송이 걸리고부터 관계가 소원해졌습니다.

그래서 실은 안타까운 조 교사의 죽음에 좀 더 부모님을 챙겨 드리지 못한 아쉬움에 저도 반성을 많이 했습니다.

용서하십시오."

성욱은 잠시 일어나서 고개를 숙이고는 진정으로 마음의 미안함을 담아 그녀에게 전했다.

"어이쿠, 아닙니다.

우리 아이가 선생님이 되었지만, 그땐 철딱서니가 없어서 그렇지요.

교감 선생님도 우리 아이 때문에 많이 힘드셨던 것을 알고 있습니다."

그러면서 그녀는 좀 오래되어 보이는 낡고도 작은 노트 한 권을 내밀었다.

"이것은…"

성욱은 그것을 받으면서도 조금은 의아하고 궁금했다. 그러면서 다소곳이 마주 앉은 그녀를 힐끗 쳐다보았다.

"예, 우리 아이가 써 놓았던 노트입니다.

유품을 정리하다 우연히 찾아서 읽어 보았습니다.

그리고 교감 선생님께서 빨리 보셔야 될 것 같았기에 이리 가져왔습니다.

아직 딸아이의 아버지는 이 노트에 대해 모르십니다.

아마도 알게 된다면, 안 그래도 딸을 잘못 키웠다고 하는데 남에게 그것도 직장 상사에게 못된 짓 했다고 불같이 화를 낼 것 같아서요."

"그럼 조 교사를 수사하던 경찰에게 전해 주셨으면 더 좋았을 텐데. 왜 저에게…."

성욱은 받은 노트를 조심스레 펼쳐 보았다.

몇 문장을 살피다 조 교사의 마음을 훔쳐본다는 생각이 퍼뜩 들어서 다시 덮었다.

"저도 처음부터 알고 있었던 것이 아니고 수사 종결시점에서 찾은 것이라 많이 망설였습니다.

그리고 그때는 자세히 읽을 수 있는 경황이 없어 미처 읽지를 못했습니다."

"무슨 특별한 글이라도 있던가요?"

"네, 학교의 사람들과 관련된 이야기가 있었습니다.

그리고 거기엔 교감 선생님께 저지른 잘못된 일에 관한 내용도 있었습니다."

"그럼 어머니, 이렇게 하면 어떨까요?

이곳 주변 가까운 데 가서 제가 복사를 하고 원본을 다시 드리면 괜찮을 것 같은데 어떻습니까?

그리고 만약을 위해서도 어머니께서 이것은 잘 보관하고 계시든지, 아니면 비록 늦었지만 지금이라도 조 교사의 사건을 수사하든 원종완 형사님께 전해 주든지요."

조 교사의 어머니는 망설이는 듯 했지만 이내 그렇게 하겠노라 동의했다.

성욱은 조 교사의 어머니를 잠시 기다리라고 하고는 노트를 복사하기 위하여 가까운 문방구를 찾았다.

얼마 후 성욱은 조 교사의 어머니에게 노트를 돌려주었다.

"교감 선생님, 저희 아이가 철없는 짓을 하여 선생님께서 많은 곤혹을 치르셨음에 염치는 없지만 죽은 아이를 대신해서 제가 사과를 드립니다. 용서를 구합니다."

조 교사의 어머니는 고개를 숙이며 눈물을 떨구었다.

"아닙니다. 어머니, 그 노트에는 무슨 내용이 어떻게 쓰여 있는지는 모르겠지만, 아직 읽어 보지도 않았습니다.

설사 저에 대한 조 교사의 잘못이 있다 하여도 이미 이승의 사람이 아닐진대, 어쩌겠습니까? 용서해야죠."

성욱은 복사된 그 노트를 읽어 보진 않았지만, 그녀의 어머니가 진심으로 사과하는 모양새로는 나름 조 교사가 자신의 행동에 대해 양심적으로 적어 놓았다는 것을 짐작할 수 있었다.

"아무튼 죽은 자는 말이 없지만 젊은 조 교사가 어떻게 아까운 생을 마감했는지 꼭 밝혀져 조금이나마 어머니의 답답한 마음이 풀어졌으면 좋겠다는 생각입니다."

성욱은 말을 마치고는 지그시 눈을 감았다.

조 교사와 관련된 학교 이사장, 교장 그리고 그 추종자들의 얼굴이 영화의 장면처럼 흐르고 있었다.

"아이가 올바른 선생님들을 따랐으면 오늘 같은 일은 없었을 텐데…"

조 교사의 어머니는 더 이상의 말을 잇지 못한 채, 눈물이 볼을 타고 흘러내렸다.

성욱은 휴지 곽에 들어 있는 티슈를 꺼내 그녀에게 내밀었다.

"고맙습니다."

그녀는 휴지를 받아들고는 가볍게 목례를 했다.

성욱은 그녀와 헤어졌다.

저만치 터덜터덜 걸어가는 조 교사 어머니의 뒷모습에서 하늘이 무너질 것같이 고통스러운 슬픔이 오롯이 느껴졌다.

그는 조 교사의 노트 복사본을 책상 위에 올려놓은 채 물끄러미 쳐다보았다.

아직 들춰 보지는 않았어도 노트 속에서는 추악하면서도 야비한 악마들의 본성이 바퀴벌레가 되어 스멀스멀 기어 나올 것만 같았다.

성욱은 떨리는 손으로 펼친 복사노트를 읽어 내려갔다.

죽은 조 교사는 학교에서의 있었던 일과 자신이 학교 이사장 및 교장과의 공모 이유와 그녀가 왜 그리 성욱을 힘들게 만들었는지를 나름 소상히 적어 놓았다.

그리고 교무를 비롯한 행정실장의 지저분한 일까지 그 추종자들이 어떻게 나쁜 짓을 벌이면서 한패가 되었는지를 자세히 써 놓았다.

그 당시의 행동과 말은 사람이 죽든지, 시간이 지나면 기억 속에서 사라지지만, 그것을 써 놓은 글은 참으로 소름 돋는 무서운 기록으로 남아 있었다.

'헉, 이것이 사실이라면….'

성욱은 입안이 마르면서 분노가 치밀었다.

젊은 교사가 실수를 하여도 제 자식마냥 사랑으로 가르치고

타일러도 모자를 판에 그들은 간간히 매스컴을 장식하던 일부 간호사들의 태움처럼 젊은 조 교사를 몹시도 병들게 했다.

또한 인간으로서 어찌 그리도 우악스러운지 도저히 해서는 안 되는 짓으로 동료이자 교감인 성욱에게까지 서슴없이 잔악했고, 악마의 파벌을 조성해 희생을 강요했다.

그는 노트를 읽다가 별빛 어우러지는 창밖을 응시했다.

온몸이 탱자 가시에 찔린 듯 소름 돋는 전율을 느끼면서 부르르 떨렸다. 머리마저 바늘에 찔린 듯 여기저기 따끔거리고 뜨거워졌다. 피가 거꾸로 솟아오르는 듯 심장이 압박을 받은 듯 눌렀다가 벌렁거리기를 반복하였다.

거실로 나와 냉장고 문을 열고 컵도 없이 찬물을 벌컥벌컥 마셨다.

그는 다시 방으로 들어와서는 의자에 앉았다.

마음이 조금은 진정되는 것 같았다.

못다 읽은 노트를 다시 읽어 내려갔다.

그는 군데군데 중요 부분을 사진 찍었다.

그러고는 그것을 형선에게 보냈다.

그녀도 여행지에서 돌아와 지금은 집이라 했다. 딸도 마침 일찍 와서 보내 준 내용을 확인하고 있다고 했다.

얼마의 시간이 지나고 형선에게서 연락이 왔다.

조용한 학살

"안녕하셔요, 성욱 씨. 저 서형선입니다."

"네, 제가 보낸 내용들은 잘 받아 보셨죠?"

"그래서 이렇게 전화 드렸고요. 딸아이가 그러는데 이 정도면 항소하여 이길 수 있는 요건으로 충분하답니다.

잠시 딸아이와 통화해 보시죠."

"네, 잘 알겠습니다."

"장성욱 씨 되시죠?

엄마가 잘 아시는 분이라고 해서 보내 주신 내용들은 상세히 살펴보았습니다.

아니, 학교에서도 우리들이 몰랐던 이렇게 지저분하고 나쁜 사람들이 있나요? 더구나 다른 이도 아니고 선생님들이 참으로 놀라웠습니다.

이런 경우 항소를 하시면 분명 승소할 수 있습니다.

그렇게 하시죠?"

"그럼 소송비용은 어떻게 되죠?"

"어머니의 간곡한 부탁이기도 해서 실비만 받을 거니까 너무 염려 안 하셔도 되고요. 또 승소하시면 그동안의 불편한 것들을 원상회복하여 되돌려 받을 수 있습니다.

그렇게 진행해도 되겠죠?"

"네, 그렇게 해 주시면 고맙겠습니다. 정말 감사합니다."

"일간 사무실에 한번 방문하셔서 추가로 받아야 될 서류와 의논해야 될 내용들이 있으니 한번 나오세요.

다른 건 어머니하고 말씀 나누셔요."

그러면서 형선에게 휴대폰을 넘겼다.

"형선 씨 정말 고맙습니다. 별 볼 일 없는 사람을 이렇게 살립니다."

"아닙니다. 단지 성욱 씨가 너무 억울하신 것 같고 저도 좋은 사람한테 좋은 일 하게 되어 기쁘죠.

마침 딸이 변호사이기도 하고 또 착해서 괜찮아요."

"부럽네요. 아이를 그렇게 잘 키워서요."

"제가 한 게 뭐 있나요? 아이가 혼자 스스로 잘 커 줘서 고마운 거죠.

다음에 시간 내서 얼굴 봬요.

필요한 약속은 아이한테 물어서 알려 드리겠습니다."

"네, 그러시죠."

성욱은 전화를 끊었다.

그동안의 찜찜하면서도 누구에게도 풀어놓지 못했던 답답함이 매운 고추냉이를 먹은 것처럼 후련했다.

그러면서 그는 잠시 그제의 여행시간을 되돌려 보았다.

제주도를 갔던 일 그리고 고향에서의 형선과 그 친구들의

조용한 학살

얼굴도 떠올렸다.

횟집에서의 작은 일이 아직도 그의 기억에 또렷이 각인되면서 오랜만에 입가에는 뜻 모를 미소가 번지고 있었다.

별것도 아닌 작은 인연들이 이리도 그에게 사람을 살리는 큰 도움이 되리라고는 생각지 않았다.

더구나 직장을, 아니 인생 그 자체가 송두리째 몰락한다 해도 결코 틀리지 않았을 일에 이렇게 큰 위안이 될 줄은 그 자신마저 미처 깨닫지 못했다.

그러고 보면 세상일은 참으로 알다가도 모를 일이다.

음지가 양지가 되고, 양지가 음지로 될 수 있다는 일들이, 더구나 거의 절망에 가까웠던 자신의 일이 죽은 조 교사의 메모노트 하나로 완전히 뒤집힐지도 모를 일이었다.

그리고 거기서 드러난 음모들을 보면 영원히 묻힐 것만 같았던 일들이 이제 세상 밖으로 나와 지뢰가 될 것이기 때문이었다.

그래서 세상사 모든 일은 단지 시간의 문제일 뿐 비밀은 없다고들 했나 보다.

나쁜 짓은 하지 말아야 되며, 남의 어려움을 외면하지 말라고 한 옛사람들의 말이 틀리지 않았음을 성욱은 뼈저리게 느꼈다.

며칠 후 갑자기 성욱의 집에 영장이 발부되어 압수수색이 들어왔다.

은아는 이게 무슨 일이냐고 물었다. 성욱도 영문을 몰라 영장을 자세히 들여다보았다.

조 교사의 집에서 재수사 요청을 해서 그에 관련된 사람들 대부분을 다시 조사하기 시작한 것이었다. 성욱의 집 안도, 특히 책상서랍에 있는 물품들, 몇 가지 옷, 개인 컴퓨터를 비롯해 수사에 도움이 될 만한 것들을 박스에 수거해 갔다.

원 형사는 교장, 교무, 이사장까지도 모두가 조 교사에 대한 죽음의 진실을 풀어 줄 수 있는 대상이라고 보았다.

집 안 정리를 다 하고 나서야 성욱은 아내 은아가 궁금해하는 내용들을 일러 주었다.

"여보, 당신 그동안 너무 힘들었겠다. 그래도 얘기를 좀 하지….".

그러면서 그녀는 꿔다 놓은 보리자루 같은 사내를 꼭 안아 주었다.

이번에는 성욱도 조 교사가 고소했던 내용에 관련 있는 목격자들과 교장, 이사장을 명예훼손과 업무방해혐의로 경찰에 다시 고소를 했다.

성욱이 제기한 고소는 이만영 경위가 맡았다.

이만영 경위는 먼저 고소인 자격으로 성욱을 불렀다.

"시작하겠습니다. 지난번 사건의 과정과는 달리 새로운 사실이 있습니까?"

"예, 지난번과는 달리 고소장에 명시된 다수의 사람들이 제 명예를 실추시킨 증명자료가 있습니다.

또한 이 사건으로 인하여 제가 맡은 업무를 시행함에 있어 육체적, 정신적으로 심각한 손해를 끼쳤다는 것을 말씀드리고 싶습니다."

"그럼 이 고소장에 적힌 다수의 사람들이 구체적으로 명예를 실추시키고, 그 결과를 경찰조사 및 소송에 관련된 검찰조사 등의 진행 등으로 인하여 선생님의 업무를 방해했다는 거군요. 맞습니까?"

"네, 그렇습니다."

"그럼 고소장에 명시된 모함을 위한 모의 및 근거 자료로써 여기에 제출된 조민시 씨의 메모노트인 복사본을 추가로 제시했는데 맞습니까?"

"네."

"그럼 원본은 어디 있습니까?"

"죽은 조민시의 어머니께서 딸아이의 사망 수사에 대한 재수사요청을 청구한 것을 보면 경찰서 원종완 형사가 소지하고 있는 것 같습니다."

힘이 솟은 듯 짧고도 명료한 답변이었다. 항상 과묵하면서도 조용하기만 했던 그로서는 지극히 예외적인 현상이기는 하지만 이제는 사안이 중요하면서도 확실한 증거자료가 있다고 생각했기에 그는 자신의 확실한 주장이 있어야 한다고 판단을 했다.

그만큼 조민시가 써 놓았던 노트는 거짓으로 한 사람의 인생을 파멸로 몰아넣으려 했던 일말의 잘못된 행위를 알리고 증명할 수 있는 핵폭탄의 파괴력을 가지고 있었다.

"저도 제출했던 복사본에 대해 대강 읽어 보았습니다.

앞으로의 재판에서 분명 기존의 결과를 뒤집을 수 있는 증거자료로 유리한 점이 분명 있지만 그것이 어떤 결과를 가져올지는 장담키 어렵습니다.

재판은 재판장의 몫이기 때문입니다."

성욱은 이 경위의 말이 이제는 그리 놀라운 일도 아니었다.

그는 경찰서를 몇 번 들락거리면서도 무더위 뒤에 찾아온 가을 하늘처럼 이렇듯 상쾌해 보기는 처음이었다.

원 형사는 조민시의 어머니가 제출한 그녀의 메모노트를 읽었다.

어쩌면 이것이 자연적인 실족사로 종결되었을지라도, 한

편으로는 미필적 고의에 의한 우발적인 살인의 가능성을 찾아볼 수도 있겠다 싶은 직감이 들었다.

하지만 그 노트는 그의 생각과 같은 방향을 가리키고는 있지만 중요한 것은 그것을 뒷받침할 수 있는 정확한 물증이 없었다.

현재로서는 그들이 어떤 양심의 변화로 있었던 사실을 말하지 않는 이상은 힘든 것이었다.

그는 먼저 조민시의 고소사건과 연관성이 있던 인물 및 일정한 기간 동안의 전화 통화내역을 통신사로부터 확보했다.

3년 전, 그녀의 성폭력 고소사건의 가해자였던 이영기도 예외는 아니었다.

"누가 먼저 노래방에 가자고 했습니까?"

"처음부터 가려 했던 것은 아니고 몇몇이 술을 먹다 보니 누가 먼저랄 것도 없이 2차를 노래방으로 가게 되었습니다."

원 형사는 이영기의 위아래를 스캔하듯 빠르게 훑어보았다.

직업상의 습관이었다. 현재의 직업과 생긴 외모로 보아서는 솔직히 미혼의 여성이라면 누구나 한 번쯤은 사귀어 보고 싶은 인물이라고 그는 생각했다.

그럼에도 이영기는 내성적인 성격으로 술을 마셨다고 남에게 함부로 피해를 줄 위인은 아니라고 판단했다.

오히려 그의 외모를 찬찬히 눈여겨보면 볼수록 러시아의 전통인형 마트로시카처럼 묘하게 알고 싶어지는 이국적인 매력을 느낄 수 있는 사람이었다.

하물며 정식 교사라는 직업적 안정성이 여자의 입장에서는 같은 동반자로서의 자격으로는 굳이 나쁘게 볼 이유가 없었다.

"이 선생이 쓴 내용을 보자면 서로가 좋아서 신체적 접촉을 했는데 어쩌다 일방적인 강제의 성폭행범으로 몰렸습니까?"

"네, 우리들 나이가 삼십대 중반이라 그다지 싫은 입장은 아닌 데다가 술 마신 기분에 같이 어울렸는데 일진이 나빴던 거죠."

"근데 고소취하가 됐던데요?"

"네, 모든 것을 원하는 대로 합의해 주고 제가 학교를 그만두었어요."

"아니, 나름 남들 보기에는 들어가기도 쉽지 않은 직장을 합의도 했다면서 그만두는 것은 저로서는 좀 이해가…?"

"네, 쌍방 간에는 그렇게 끝이 났는데 법인 이사회에서 다시 징계를 주겠다 하니 이것저것 불편해서 그냥 관뒀습니다. 그리고 같은 직장 내에서는 당사자와도 가끔씩이라도 마주칠 것 같아서요."

"그럼 그 후로는 지금까지 아무런 상관관계가 없었다는 말씀이네요?"

"네."

"그럼 몇 달 전 통화내역은 어떻게 된 상황인가요?"

"아, 그것은 언젠가 술 마시고 그 사람이 횡설수설한 문자라 대꾸도 안 했습니다.

그러고는 바로 전화번호를 삭제했습니다."

그러고는 이영기가 자신의 휴대폰을 원 형사에게 그녀의 이름을 적어도 조민시의 이름이 없음을 확인시켜 주었다.

원 형사는 그래도 굳이 원한이라면 앙금이 남아 있을 수 있는 이영기는 일단 용의대상에서 제외되었다.

원 형사와 성욱이 경찰 조사실에서 만났다.

"선생님, 조민시와는 왜 그런 악연에 연루되었습니까?"

"글쎄요, 처음엔 그러질 않았는데 아마도 여러 가지 복합적인 요인이 있었던 것 아니겠어요.

더구나 수업 시간의 잘못된 행동에 대한 그녀의 관리 잘못을 질타를 해서 그렇지요.

그런데, 당사자만 알 뿐, 그녀가 아닌 이상 저는 추측만 할 따름이죠."

"네, 그렇군요. 저는 어쨌든 그분과 연관된 사람들은 모두 압수 수색을 했습니다.

선생님은 더군다나 그런 악연에 연루된지라 휴대폰까지 탈탈 털어서 확인을 했습니다.

그런데 그분과 얼마 전 통화내역이 있었던데 그 부분을 설명해 주실 수 있습니까?"

"네, 그런 악연을 겪고도 마음 같아서는 전화번호를 차단해야 하는 것이 당연합니다. 하지만 고소를 했어도 아직은 같이 근무하는 동료교사 사이로 비상 연락망 때문에 그럴 수도 없었습니다.

별다른 것은 아니었고 조 교사가 무슨 말을 하려다 얼버무리며 그냥 끊었습니다.

통화기록을 확인하셨으니 짧은 시간이었다는 것 또한 아시겠네요?"

성욱은 조금은 짜증이 난다는 듯 퉁명스럽게 대답했다.

"그렇다면 이해를 할 수 있지만, 죽음의 상관관계로 보았을 때 만약 누군가가 살인을 했다면 현재로서는 장성욱 선생님께서 가장 원한이 크지 않을까요?

만약 제가 선생님 입장이었다면."

원 형사는 슬그머니 그에게 유도질문을 해 보았다.

"형사님이 그렇다고 한다면 개인의 생각이라 어쩔 수 없겠지만, 제 입장에서 보면 전문가답지 않은 생각이시군요.

제가 전문가라면 오히려 메모노트도 발견된 마당에 그녀의 주변을 탐문하는 쪽에 더 무게를 두겠습니다."

"그렇다면 본인은 아니고 조 교사와 한편인 그들이 더 유력하다 이 말씀이신가요?"

"왜, 제게 생각을 강요하십니까?

저를 부르셨으면 저에 관한 사실적인 질문만 하십시오.

앞으로 저와 관계되지 않은 질문에는 죄송하지만 묵비권 행사를 하겠습니다."

"아, 장성욱 선생님, 그런 입장은 아니었는데 그렇게 들리셨다면 미안합니다."

"조 교사의 노트를 복사하셨다고 하던데 읽어 보셨던가요?"

"네, 읽어 보았습니다."

"어떤 생각의 판단을 하셨습니까?"

"그것 역시도 제가 조 교사의 죽음과 관련해서는 더 이상의 드릴 말씀이 없습니다."

성욱의 조사는 예상대로 짧게 끝이 났다.

성욱은 집에서 모처럼 거실 소파에 앉아서 TV를 보았다.

그는 방을 나와서 거실에 앉아 있었던 기억이 참으로 오래된 듯했다.

마침 리아가 현관문을 열고 들어섰다.

"어, 아빠네? 다녀왔습니다."

아이는 그 일이 있고 난 다음부터 훨씬 더 명랑해졌음을 성욱은 느끼고 있었다.

하지만 지금, 그의 신상에는 머리 아픈 이런저런 일들이 처마 밑 고드름처럼 매달려 있었다.

그 끝이 언제인지도 알 수 없어 웃을 일은 없어도 딸의 생글거림은 목마른 갈증으로 시달린 더운 날에 크림생맥주 한 잔을 마시는 기분이었다.

"오, 그래. 공부하느라 힘들었지?"

"아니야, 아빠. 내가 어차피 해야 할 일이고 성적도 좋아져서 괜찮아요."

"그래, 요즘 친구들하고는 잘 지내지?"

"아빠, 저번 일 때문에 걱정돼서 그러는 거죠?

잘 지내요. 그리고 요즘 공부하느라 친구들하고 수다 떨며 놀 시간도 없어요."

리아는 씻고 나오겠다며 방으로 들어갔다.

그는 아이의 성격이 자신을 빼닮아 내성적이어서 속이 깊은 반면에 할 말 못 하고 생활을 하는 것 같아 항상 걱정이 많았다.

하지만 이제는 커 가면서는 오히려 제 할 말을 요목조목 다 하는 것 같아 한편으로는 다행이라고 생각하며 마음이 노였다.

얼마 후에 리아가 나와서는 소파에 앉았던 성욱의 어깨를 주물렀다.

"안 해도 돼.

오히려 내가 우리 딸 해 줘야 되는데.

네 엄마도 생전 안 하는 것을 네가 왜 해?"

성욱은 사랑스러우면서도 부담스러운 듯 딸의 손길을 피하려고 말렸다.

"아빠, 잠깐만 그냥 있어요.

요즘 힘드시잖아요.

조금만 해 드릴게요. 머리는 어떠세요?"

"괜찮아. 이제 안 아파."

"아빤 힘들어도, 아파도 말 안 하잖아요.

그래서 엄만 아빠보고 바보부처래요.

부처님은 남들의 육체적 아픔과 정신적인 마음의 고통 등으로 인한 마음의 아픔을 치료하고 정신적인 위안을 주는 행복까지 모두 들어주면서, 정작 자신은 돌보지 않는 것 같아 별명을 그렇게 지었대요."

"네 엄만 착한 딸을 앞세우고 별 소릴 다 하는구나."

그는 빙그레 웃기만 했다.

리아는 조심조심 정성을 들여 목 부위를 주물렀다.

성욱은 아이가 하자는 대로 잠시 몸을 맡기고는 지그시 눈을 감았다.

부녀의 대화 속에 TV는 혼자서 이런저런 소식으로 남이야 듣든 말든 여름날의 매미처럼 떠들고 있었다.

'다음은 사건 사고 소식입니다.

지난번 모 학교 여교사의 죽음에 관한 새로운 소식입니다.'

"아빠, 저기 아빠네 학교 나왔어요."

아이는 어깨를 주물다 말고 성욱의 등을 토닥이며 흔들었다.

성욱은 눈을 떴다.

'지난번 익사로 숨진 채 발견된 모 학교의 여교사가 쓴 메모노트가 발견되어 사건이 새롭게 조명되고 있습니다.

내용의 한 단면을 보니 학교의 법인 이사장과 관리자인 교장이 그 지위를 이용하여 죽은 여 교사를 괴롭혔다는 내용이 적혀 있었습니다.

경찰은 그 사실의 진위를 파악하고자 재수사에 나섰습니다.'

"아빠 또 힘들게 생겼네. 어떻게 해요?"

리아는 안 그래도 쓰러졌다 병원에서 퇴원을 한 지도 얼마 되지 않은 성욱을 매우 걱정스러운 듯 안쓰럽게 바라보았다.

조용한 학살

"힘들 것 없어. 아빠가 그런 것 아니니 걱정 안 해도 돼.
이제 그만 방에 들어가렴. 아빠도 들어간다."

성욱은 리아가 들어가자 TV를 끄고는 방으로 들어왔다.

수평선 끝에 머물다 사라진 붉은 낙조의 아쉬움을 부른 듯
떠오른 달빛은 창가에 걸터앉아 성욱을 기다리고 있었다.

그는 창문을 열었다.

이름 모를 수많은 별들이 오작교를 건너는 은하수를 지지
하는지 오늘따라 맑은 밤하늘에 별이 유독 반짝거렸다.

그러한 잠시 철딱서니 없는 유성 하나가 하늘을 가로질러
성호를 그으며 떨어졌다.

화들짝 놀란 그는 볼 수 없는 유령 같은 기운이 스멀거리며
몸을 파고들자 창문을 닫았다.

일찍 잠자리에 들었다.

그러나 자고 싶어도 잠이 올 리 없었다.

조금 전 뉴스에 학교가 등장했으니 관계없는 사람들은 몰
라도 이곳에 재학생들과 졸업생들, 학부모 등의 알 만한 사
람들은 어느 학교인지를 대부분이 알 것이기 때문이었다.

'모르긴 해도 조용하지는 않을 텐데, 내일은 또 어떤 날이
될 것인가?'

그의 머리는 도대체 집중이 되질 않았다.

머리에서는 산만해질 대로 산만해져서 많은 얼굴과 잡동사니 단어들이 저마다 절규하고 때로는 아우성치며 노래를 불렀다.

성욱은 잠깐 학교를 들렀다.

교문 주변에는 어제까지 없던 빨간색, 검은색 흰색 등으로 쓰인 섬뜩하면서도 현란한 문구의 글들로 채색된 현수막들이 바람을 타고 나부꼈다.

'물러가라…' '젊은 교사 살려 내라…' '…핫바지' 등등의 실로 들어 보지도 못한 욕지거리의 문구들이 교문 앞에서 성난 얼굴이 되어 째려보고 있었다.

그가 교무실에 들어서자 몇몇 교사들이 인사를 했다.

그러면서도 교무실은 어수선했다.

어제 TV의 방송 여파인 것 같았다.

성욱은 이만호 선생을 찾았다.

"어제 뉴스 봤어? 그리고 교문에 현수막들 봤지?"

"예, 봤어요. 정말 나쁜 놈들이잖아요.

그러고들 선생이라 하니. 제가 오히려 부끄러워 애들 앞에 어떻게 서야 할지 참 답이 없습니다.

어쨌든 우리 학교를 아는 사람들은 대부분 여기 이야긴 줄 알 텐데요. 이제 어떻게 하죠?"

212　　　　　　　　　　　　　　　　　　　　　조용한 학살

"일단 교장이 알아서 하겠지.

지금 이 시점에서는 내가 할 수 있는 일이 아무것도 없다는 것은 이만호 선생도 알고 있잖아?"

"그렇긴 하죠."

"나도 지금 예전에 조 교사와 소송이 걸린 사건을 조 교사와는 상관없이 법인 이사장과 교장, 교무를 상대로 고소를 한 상태이기에 그들과 접촉을 하기는 그렇지.

어쨌든 당신이 학생들 동요하지 않도록 잘 다독거려야 하지 않겠어?"

"무슨 말인지 잘 알겠습니다."

만호도 서당 개 3년이면 풍월을 읊듯이 성욱의 눈빛만 보아도 무슨 생각으로 무엇을 해야 하는지를 읽을 정도이기에 그가 왜 이런 말을 하는지는 굳이 설명할 필요가 없었다.

그는 자신의 책상에서 찾을 서류를 찾은 다음 아직은 판결이 나지 않은 해임의 상태여서 학교에 있지도 못하고 교문 밖으로 나왔다.

성욱의 폭력행위에 대한 항소와 공갈 협박에 의한 업무방해 및 명예훼손에 관한 재판이 시작되었다.

재판이 열리던 날 성욱은 변호사 옆에 앉아 재판과정을 지켜보았다.

재판의 대상자는 법인 이사장을 비롯한 교장과 성욱이 서류를 집어던진 것을 보았다는 목격자 2명 중 한 명이 교무였고 또 다른 한명은 교무와 친했던 교사로 총 4명이었다.

그들은 조직적으로 죽은 조 교사를 사주하여 성욱을 폭력행위 가해자로서의 혐의를 뒤집어씌운 인물들이었다.

"학교의 이사장이라는 분이 교장과 공모하여 젊은 여교사를 시켜 교감인 장성욱을 폭력행위의 범죄자로 만들려고 한 사실을 인정합니까?"

이사장은 변호사의 질문에 외면한 채로 말없이 심드렁했다.

"또한 교장은 교감과 같이 학교를 잘 관리해야 할 의무자인데 오히려 교감에게 폭력행위의 프레임을 씌우도록 죽은 조민시에게 교사한 사실을 인정합니까?"

변호사가 교장에게 다가가서 질문을 했으나 교장은 고개를 숙인 채 답하지 않았다.

"임파 교무와 교사 1명도 이사장 및 교장의 사주를 받아 폭력을 목격한 거짓 진술을 인정합니까?"

변호사는 4명 모두에게 혐의를 물었지만 임 교무와 친분이 있던 교사만이 각각 교장과 이사장의 지시를 받은 목격자의 거짓진술을 인정했다. 그러면서 반성하는 모습도 아울러 보였다.

이사장과 교장은 서로의 진술이 다소 엇갈리면서도 조 교사가 주도했다는 부분에는 공통적인 주장이었다.

"증인은 조 교사를 시켜서 피고인 장성욱에게 범죄의 프레임을 씌운 목적이 무엇입니까?"

검사 옆에 앉은 이사장에게 변호사가 물었다.

"저는 교장이 현재의 교감과는 일하기가 어렵다고 한 적이 있습니다. 그런 와중에 교감의 징계권이 올라와서 절차대로 한 것밖에는 없습니다."

"왜 교장이 교감과 일하는 것이 어렵다고 한 이유를 물어보셨습니까?"

이사장은 그 부분에 대해 답이 없었다.

"그럼 이사장으로서 교감이 왜 징계대상이 됐는지 그 이유에 대해서 확인도 해 보지 않았다는 말인가요?

대답이 없다는 것은 새로운 교감이 준비돼 있는 등의 의도를 알고 있거나 당사자도 그러고 싶었기 때문일 것입니다. 아닌가요?"

변호사가 던진 말은 예리했다.

"그 부분에 대해 소홀히 했다는 부분은 인정하지만 결코 장성욱 교감 일에 음해한 적이 없습니다."

"그럼 교장과 공모한 사실도 없습니까?"

"네, 없습니다."

"그럼 여기에 교장은 이사장과 협의를 했다고 진술된 이 부분은 공모가 아닌가요?"

"네, 학교 운영은 전반적으로 교장이 하지만, 특별한 경우와 때로는 일반적인 것도 함께 협의를 하는 그런 것이겠지요."

"아무리 그래도 그렇지 교사의 인사 더군다나 관리직인 교감의 인사를 결정하는 데 일반적으로 그냥 협의했다.

이것은 물건을 구매하는 데 있어서 사야 될 물건 품목과 가격도 안 보고 눈에 보이는 것은 무엇이든 마구잡이로 샀다는 것과 같지 않습니까? 어떻게 하는 것이 올바른 경제활동입니까?"

이사장은 말이 없었다.

이사장 쪽에서 이의를 제기했지만 진행에는 별 무리가 없었다.

"다시 묻습니다. 피고에게 범죄혐의를 씌운 목적은 누군가에게 교감의 자리를 주고 그에 대한 대가를 받으려는 목적이 아닙니까?"

변호사의 직설적인 물음이었다.

"이의 있습니다. 지금 피고의 변호사는 증인에게 다른 범죄를 유도심문하고 있습니다."

조용한 학살

"인정합니다. 피고 변호사는 관련된 질문만을 해 주기 바랍니다."

원고 검사의 이의제기를 재판부에서 인정을 했다.

"증인의 학교는 다른 일반 사립학교와 달리 3년 동안에 정교사 30명 중 20명의 교사가 퇴직을 하였습니다.

이 부분에 대한 설명을 부탁드립니다."

"저희 학교는 수도권이긴 하지만 교통이 불편한 관계로 이직을 많이 하는 것 같습니다."

"증인의 답변이 논리적으로 맞는다면 강원도 오지의 시골 같은 곳은 대부분이 이직을 해야 하는데 그렇지 않습니다.

혹시 직업 장사를 한 것은 아닌가요?"

그러면서 변호사는 몇 시골학교의 교사퇴직 수의 통계를 작성한 것을 재판부에 제출했다.

피고 변호사의 질문에 원고 검사 측에서 다시 이의제기를 했지만 변호사의 질문은 계속되었다.

"다음 질문하겠습니다. 죽은 조 교사하고 술 먹은 적이 있지요?"

"특정 교사들과 가끔씩 식사를 할 때도 있습니다. 하지만 잘 기억이 나지 않습니다."

"그럼 조 교사와 단둘이 식사를 했던 적이 전혀 없다는 말씀인가요?"

"네, 그렇습니다."

이사장은 자신 있게 말했다.

그런데는 그럴 만한 이유가 있었다.

그는 모든 식사나 회식의 경우뿐만 아니라 특히나 음밀한 만남을 필요로 할 때는 항상 현금을 지불함으로써 그 흔적을 남겨 두지 않는 철저한 증거 인멸을 위한 현금주의자였기 때문이었다.

변호사는 조 교사가 작성한 메모노트 복사본에 적힌 부분을 읽어 주며 이사장을 다그쳤다.

"증인 지금 거짓말을 하고 있습니다.

조 교사의 노트에서는 이사장과 둘이 술을 마셨다는 날짜까지 적혀 있습니다.

또한 이것을 증명해 주기 위한 그날 조민시가 술값을 지불한 카드내역서 날짜와 일치합니다.

증인은 무슨 목적으로 술을 마셨습니까?"

그러면서 증거물인 메모노트의 복사본과 카드영수증을 재판부에 제출했다.

변호사가 그를 다그쳤지만 묵묵부답이었다.

이사장은 모든 증거의 인멸을 위한 자기 자신은 철저했어도 상대방까지는 통제를 하는 데 소홀히 했던 모양이었다.

"증인이 죽은 조 교사의 징계를 없애 주는 대가로 교감에 대한 고소장을 제출하도록 서로 거래를 한 것 아닌가요?"

변호사는 매가 토끼를 쫓다 마지막에 낚아채려는 듯 표독스럽게 이사장을 물고 늘어졌다.

"아닙니다."

"그럼 증인이 처음에는 만난 적 없다고 거짓말을 했습니다. 이번에 어떤 이유에서 만났는지 위증의 사실제기가 잘못됐다는 것을 증명해 보이시기 바랍니다."

원고 검사 측에서 이의를 제기했지만 재판부에서는 피고 변호사의 관련심문을 계속하도록 내버려두었다.

다음으로 교장이 증인으로 나왔다.

"증인은 피고와 어떤 관계입니까?"

"예, 학교 관리를 같이하는 동료이자 부하직원입니다."

"그런데 20년 이상을 같이한 동료이며, 교육법 시행령 20조 2항에 의하면 증인을 보좌하는 자인 피고에게 3인의 교사를 시켜서 그런 죄를 뒤집어씌워도 됩니까?"

"아닙니다. 저는 그 죄를 씌우지 않았습니다."

"그럼 모의와 지시를 하지 않았다는 건가요?"

"네, 저는 단지 이사장님께서 퇴직을 시켰으면 하는 의도로 말씀하셔서서 두 부장에게 전달만 했습니다."

"그렇다고 다른 사람도 아닌 20년을 같은 직장에서 생활한 교감에게 치졸한 범죄혐의를 씌워서 퇴직을 시키면, 인간에 대한 배반은 제쳐 두고라도 이것이 위법이고 범죄라는 것을 몰랐습니까?"

"전 그것이 단지 조 교사가 그런 신고를 하였고 절차대로 징계를 하여 법인으로 올린 것밖에는 없습니다."

"그럼 목격자 두 사람은 교장의 지시로 거짓 목격자 진술했다는데 이것을 부정한다는 이야기입니까?"

"직접적으로 한 것은 없습니다.

다만 그렇게 하면 어떻겠는가 제안을 했을 따름입니다."

"피고의 교장이라는 직위에서는 부하 직원에게 설사 제안을 했다는 그 자체도 범죄교사이자 지시에 의한 공모 맞습니다."

교장은 무슨 말을 하려다 이내 말이 없었다.

"조 교사가 교감을 고소하기 직전, 피고의 요청에 의한 조 교사의 두 건의 교육행위로 징계에 회부했는데 그것은 교장의 권한 남용이 아닙니까?"

"아닙니다. 수행평가의 증거 인멸은 성적물의 보관·관리 잘못이고, 부전공 연수는 교장지시 위반 맞습니다."

"그럼 이 인사위원회 회의록을 보면 위원장인 교감은 징계

조용한 학살

위원회의 회부대상이 아니라고 주장되어진다고 기록이 되어 있습니다.

이 위원회에서도 대부분 징계대상 철회를 요청했음에도 여교사를 법인징계위원회에 회부한 것은 본인만의 그릇된 주관 아닙니까?"

"아닙니다."

"그럼 왜 법인징계위원회에서는 없던 일로 됐습니까?"

"거기서도 여러 주장들이 나와서 철회된 것으로 알고 있습니다."

"그럼 그 회의에서 철회가 됐다는 것은 교장이 조 교사징계에 무리수를 두었다는 증거 아닙니까?"

"아닙니다."

"그렇다면 위원회가 열리기 전에 이사장과 교장이 협의하여 조 교사에게 모종의 딜, 즉 교감을 축출시키기 위한 거래를 한 거 아닙니까?"

변호사는 혀를 찌르는 공세를 가했다.

원고 검사 측에서 이의제기를 해서 변호사는 재판부로부터 한차례 주의를 받았다.

그런데도 변호사의 집요한 심문은 계속되었다.

"죽은 조 교사가 증인의 집까지 방문해서 교사로서의 자존

심까지 버리면서 무릎을 꿇고 잘못했다고 빌기까지 했는데, 일말의 자비도 없이 징계를 주려다 철회시키는 조건은 모종의 모의를 통하여 결국 피고에게 범죄의 프레임을 씌우려 한 이런 곳이 학교입니까? 차라리 범죄쓰레기 집단이 아닙니까?"

변호사는 화가 치밀어 오르듯 하면서도 이성적으로 할 말을 다하고 있었다.

"죽은 조 교사는 이사장과 교장이 돈을 주기로 했다고 적혀 있는데, 이것은 무슨 용도로 돈을 주기로 한 것입니까?"

"저도 그것은 죽은 조 교사가 어떤 의미로 썼는지는 모르겠습니다."

"그럼 주지 않았다는 것인가요?"

"네, 그렇습니다."

"그럼 조 교사가 정신병자가 아닌 다음에야 이런 글을 누구한테 보여 주기 위해 썼다고 생각하십니까?"

"……."

교장은 아무 말이 없었다.

"다시 묻겠는데 조 교사가 처음에는 피고와의 관계가 괜찮았는데 갑자기 자신을 돌봐준 피고를 폭력행위와 갑질 신고로 고소한 것은 증인과 이사장이 그 대가에 대하여 돈을 주려 했던 것이 아닙니까?"

"아닙니다."

"조 교사의 소비성향을 살펴보았습니다. 주로 20일 이후에 갑자가 소비가 늘었습니다. 왜일까요?

두 번째의 휴직상태면 보조금도 없으며 그렇다고 부모와 등져 생활비 보조도 없습니다.

그런데도 불구하고 한 달 중 20일 전후의 소비가 늘었다면 이상하지 않습니까?

교사들의 보수 지급 날이 언제입니까?"

"매월 17일입니다."

"그러니까 이것 이상하지 않습니까?"

교장은 말이 없었다.

"이의 있습니다. 지금 변호사는 증인에게 유도질문을 하고 있습니다."

"인정합니다. 변호사는 사실에 입각한 질문만 하십시오."

재판부는 피고변호사에 대한 이의를 받아들였다.

"증인의 계좌를 살펴보았습니다. 그런데 이상한 점을 발견했습니다.

매월 17일 이후 100만 원이라는 돈이 석 달째 인출되었습니다.

어디에 쓰셨습니까?"

"그것은 각종 모임 회 회비, 지인들의 부조 등 현금 쓸 일이 있어서 항상 찾습니다."

"그럼 평소에 그런 일이 항상 월급 후에 주로 발생을 합니까?"

"아닙니다. 일이 생길 때마다 은행에 매번 갈 수 없으니 한 달 치를 미리 찾아 지갑에 넣어 둡니다."

"그럼 오늘이 3일이니 지갑에 현재 얼마의 현찰이 있습니까?"

"10만 원 있습니다."

교장은 꺼낸 지갑을 다시 주머니에 넣었다.

"아직 17일이 되려면 보름 이상이 남았는데 이번 달은 적자가 나겠습니다."

교장은 아무 말이 없었다.

"이사장의 계좌도 확인을 해 보았습니다.

그런데 역시 20일 전후로 일정액이 현금으로 빠져나갔습니다.

우연치고는 이상하지 않습니까?"

"돈을 쓰는 것은 제 사생활입니다.

그리고 그런 우연을 사실로 인정하려는 변호사님의 착각인 것 같습니다."

교장도 언성을 높이며 지지 않았다.

"나중에 이것이 거짓말로 드러나면 본인들의 주장에 신뢰

조용한 학살

가 깨져 재판상의 엄청난 불이익을 받을 수 있다는 것은 아시죠?"

교장은 떨떠름한 표정으로 앞에 놓인 책상 한 곳만을 바라보고 있었다.

변호인은 교무실의 위치 도면을 프리젠테이션으로 띄워 놓고는 이번에는 임 교무에게 질문을 했다.

"증인이 위치한 자리에서 파티션으로 가려져 있는 교감선생님의 움직임이 보입니까?"

"안 보입니다."

"그럼 증인이 교감이 무엇을 하고 있는지 굳이 보려고 서 있다면 전체를 모두 볼 수는 없어도 일부는 보일 수도 있겠네요?"

"네, 맞습니다."

"그럼 조 교사가 교감에게 서류 결재를 받으려 간다고 증인에게 미리 알려 주고 교감이 서류를 집어던질 수도 있겠다는 가정을 해 본다면, 증인은 언제 던질 것인지에 관심을 가지고 계속 주시를 했겠네요.

본인의 일은 않고 교감의 자리를 계속 쳐다보고 있었습니까?"

"아닙니다."

"그럼 우연히 서류 던지는 소리가 나서 보았더라도 이미 서류는 던져진 후인데 어떻게 볼 수가 있었죠?"

"죄송합니다."

임 교무는 그때서야 고개를 숙였다.

"그럼 증인의 진술서는 보지도 않은 사실을 본 것으로 거짓 진술했다는 것을 인정한다는 말인가요?"

"네, 그렇습니다."

"왜 있지도 않은 사실로 그것도 직속상관인 교감을 모함했습니까?"

"네, 그것은 이사장님과 교장선생님께서 지시를 하셨습니다."

"그 지시를 했을 때, 혼자 들었습니까?"

"아닙니다. 이사장님과는 혼자 뵈었고 교장 선생님 지시 때는 둘이 들었습니다."

"같이 들었다는 사람이 증인과 같은 진술서를 제출한 ○○○ 맞습니까?"

그러면서 변호사는 또 다른 증인으로 지목된 한 사람을 가리켰다.

"네, 맞습니다."

"그럼 거짓 진술서가 위법이란 것을 알면서 진술서를 제출

조용한 학살

하신 목적이 무엇입니까?"

"승진을 약속하셨습니다."

"누가 피고에게 약속을 했습니까?"

"이사장님과 교장 선생님께서 하셨습니다."

"그럼 내 승진을 위해서 다른 사람, 아니 직장 상사요 동료 선생님의 인생은 짓밟고 무시해도 된다고 생각하셨습니까?"

"잘못했습니다."

"이사장과 교장은 지시를 하지 않았다고 잡아떼는데, 증인이 생각하기에는 어떻습니까?"

"두 분 다 지시를 했습니다.

죽은 조 교사도 그렇게 말하는 것을 들었습니다."

"조 교사가 한 또 다른 말이 있습니까?"

"……."

임 교무는 망설였다.

원고 측에서는 유도질문을 한다는 이의제기를 했다.

하지만 증인석의 자리에서는 폭로성의 사실을 방지하는 것은 제한적일 수밖에 없었다.

임 교무가 무엇인가를 말할 듯 입술을 떨면서 망설이는 모습을 본 변호사는 재차 그를 몰아붙였다.

"지금 거짓말을 하거나 범죄를 숨기다 들통이 나면 나중에 가중처벌 된다는 것을 알고 계시죠?"

원고 측에서는 거칠게 이의를 제기하면서 반발을 했다.

피고 변호사는 재판장으로부터 주의를 들었다.

"당신 여동생뻘 되는 죽은 조 교사가 안타깝지 않습니까?

조 교사가 또 다른 말을 했죠?"

"네, 돈이 없다고 하면서 누가 돈을 주기로 했는데 아직 안
줬다고 했습니다."

"그게 누굽니까?"

임 교무는 다시 망설였다.

그는 조 교사가 어떻게 죽었던 자신의 책임도 없지 않다는
죄책감이 들었다.

그것은 그만을 책망할 것이 아니라 죄를 짓고는 뉘우치려
는 나약한 인간 본성의 모습으로는 누구나 그럴 수 있다.

"이사장님과 교장입니다."

그는 모든 것을 체념한 채 긴 한숨을 내쉬며 고개를 떨궜다.

"이상입니다."

변호사는 그의 소명을 다했다는 듯 얼굴에는 자신감이 보
이듯 잔잔한 웃음을 지었다.

재판의 과정이 오가는 대화를 면밀히 살펴보던 성욱도 그
동안 짓눌렸던 가슴이 뻥 뚫리면서 그 후련함으로 참았던 긴

조용한 학살

숨을 들이마셨다.

'사람들의 관계에 있어서 친구를 만들기 위해서는 10년이 걸리지만, 그런 친구를 철천지원수로 만드는 데는 딱 10분이면 족하다는 말이 맞는 것 같다'는 생각이 성욱의 머리를 맴돌고 있었다.

성욱은 형선의 딸인 이 변호사와 법정을 나왔다.

"이 변, 수고하셨습니다."

"교감 선생님께서도 이것저것 준비하시느라 마음고생 많이 하셨습니다."

그녀는 어머니와는 달리 딱 부러지는 성격에 변론에 있어서는 한순간 방심하면 여지없이 피를 보고야마는 면도칼 같았다.

"아니, 변호사님, 제 소송 맡은 지 얼마 됐다고 그 자료를 모두 준비해서 변론을 이리도 깔끔하게 하십니까?

오히려 검사를 했더라면 훨씬 더 잘 어울렸을 겁니다."

"칭찬이신 거죠? 감사합니다."

"그럼요. 그렇고말고요. 어머닌 차분하면서 나일 먹어도 영락없는 순수한 소녀 같아 보이시던데, 변호사님은 그 작은 체구에도 여장부이십니다.

아까 피고인들을 몰아붙일 때는 캘리포니아에 불던 토네

이도 같았습니다."

"정말요? 그것도 칭찬이신 거죠?"

그녀는 크게 웃지도 않으면서 잔잔한 미소를 띠었다.

"그럼요."

"아무튼 재판이 나름 잘 끝나서 다행입니다.

선고기일에 결과를 보죠.

또 궁금하신 것 있음 어머니께 전화 주세요. 그럼 이만 다음에 뵙겠습니다."

그녀는 재판 때의 예리한 면도칼 같은 모습과는 달리 곱상하면서도 가냘픈 몸매로 여인의 향기를 남기고는 홀연히 사라졌다.

성욱은 형선에게 전화를 했다.

"서형선 씨, 저 장성욱입니다."

"네, 재판이 어떻게 됐어요?"

"네, 이 변호사님 덕분에 잘 진행되었습니다."

"다행이네요. 딸은 잘하던가요?

제가 재판하는 것을 한 번도 본 일이 없어서요."

"안 그래도 말씀드리려 했습니다.

가냘픈 몸매의 그 예쁘장한 얼굴이지만 변론 때에는 상대 증인을 마치 동물의 세계에서 달리는 치타가 먹이를 잡아채

듯 몰아붙이는 그런 강렬한 인상은 처음이었습니다.

감동 먹었습니다.”

“그 정도로 잘했다니 엄마로서는 믿기지 않지만 잘한 것으로 알겠습니다.”

그녀가 환하게 웃는 소리가 들렸다.

“정말 고맙습니다. 선고기일 끝나고 뵙겠습니다.”

그는 그녀의 목소리가 더 이상 들리지 않자 전화를 끊었다.

저녁을 먹자며 이만호가 기다리고 있었다.

둘이서 인사치레는 없어도 얼굴을 마주한 채 멋쩍은 표정으로 서로의 손을 잡고는 씩 웃었다.

그들에게는 그게 단순히 인사였어도, 그 속에는 서로를 걱정하면서, 잘되기만을 바라는 한 마디의 말로는 어떻게 표현할 수 없는 온갖 종류의 믿음이 모두 들어 있었다.

“어떻게 됐어요, 형님?”

“잘됐어. 그놈들이 싹 다 불진 않았어도 변호사가 모질게 몰아붙이더라. 꼭 봤어야 했는데.

그들 중 겁이 났던지 사실을 불은 놈들도 있어. 정황상 거짓들을 속속들이 알게 되었어.

이사장, 교장 모두 한통속인 게 밝혀졌지.”

성욱은 지그시 감았던 눈을 껌벅였다.

"정말 나쁜 놈들이네요.

그러고들 교육자라 말할 수 있어요?

오히려 시정잡배보다도 못한 놈들 아닌가요?"

만호는 그간의 참았던 감정을 모두 쏟아붓듯 말이 거칠어졌다.

"맞아. 이제야 질기고도 긴긴 싸움이 끝이 날 모양이네.

10년 묵은 체증이 싹 빠지는 기분이야.

오늘부터는 정말 발 뻗고 잘 수 있겠지. 잠도 잘 오고 말이야."

항상 길고 긴 어둠의 터널 같았던 성욱의 얼굴에는 모처럼 쌍무지개가 떴다. 마치 악어 없는 그들만의 호숫가를 거니는 플라멩코처럼 편안해 보였다.

"그럼 재판은 이제 어떻게 되죠?"

"이제 곧 선고기일의 판결만 하면 되겠지.

그동안 마음을 같이해 줘서 고마워."

"형님도 참 별말씀을.

피만 안 섞였지, 우리가 남이유?

함께했던 시간이 얼마인데 그러십니까? 새삼스럽게요."

하긴 그랬다.

살을 맞대고 사는 아내보다도 하루를 같이 보냈던 시간이

조용한 학살

많았던 날들이 벌써 20여 년을 넘게 이어 오면서 서로가 눈빛만 보아도 무슨 생각을 하는지를 가늠할 수 있었다.

이만호는 매사에 용의주도했다.

그와 같이하는 모임에서는 항상 그가 모든 것을 준비하고 주도했다. 그래서 더더욱 사람들은 그를 좋아했다.

성욱이 내성적인 반면 그는 내성적인 것 같으면서도 외향적이었다.

만약 그마저도 내성적이었다면 성욱 못지않게 많은 상처를 받은 마음의 고통을 감내하기가 어려웠을 것이다. 그런 점에서 이만호가 자신에게 마음의 동무가 되어 주었을 때 성욱은 너무나 다행이라 여겼다.

"형님, 죽은 조 교사 사건이 재수사에 들어갔다고 하던데 그건 어떻게 될 것 같아요?"

"글쎄, 그건 수사 실무자가 알지, 나는 모르지.

하지만, 이번 재판과정에서 나온 조 교사의 메모노트를 보면서 만약 단순 사고가 아니라면 그 문제는 어떤 방향으로 흘러갈지 누가 알겠어?

하지만 조 교사의 죽음이 아무리 단순 사고라 할지라도 최소한 그들이 저지른 도덕적 비난은 피할 수 없겠지."

"그렇긴 하겠네요. 결국은 수사가 마무리되어 봐야 알 수 있겠네요."

"그나저나 이번 일로 학교에 회오리바람이 일어도 크게 일겠는데 이를 어쩌지?"

성욱은 술잔을 기울이면서도 교사나 학생들 앞에 놓인 진실과 소문으로 뒤섞인 말들이 참새 떼처럼 날아다닐 것이 매우 걱정스러웠다.

"어차피 일은 벌어졌는데 벌인 사람들이 책임을 져야 하지 않겠어요?"

"그건 그렇지만 일단 교사들과 학생들을 다독여야 하는데 교장과 이사장이 이 문제에 모두 걸려 있으니 아우가 다른 선생님들과 힘을 합쳐 안정을 시켜야 될 것 같은데."

성욱은 무슨 말을 더 이으려다 이내 말을 멈추었다.

"형님, 그 일은 너무 걱정 마셔요.

다 시간이 해결해 줄 테니까요. 이제는 힘들었던 형님 몸이나 잘 추스르세요."

그날따라 선술집에서 마시던 술은 꿀을 말아 넣은 듯 목젖을 뜨겁게 달구었다.

성욱은 오늘의 재판으로 마음이 편할 것만 같았음에도 왠지 이런저런 생각에 불면의 시간을 보내야 했다.

조용한 학살

제5장

학살의 끝

복수에는 두 개의 무덤이 있다.
하나는 적을 위해, 또 하나는 나를 위해
(드라마 '아이리스'에서)

며칠이 지났다.

달빛 뒤에 숨어, 온 밤을 지새우던 햇살은 날아 창공을 뚫고 사람들의 가슴을 파고들었다.

얼마 후, 선거기일에 판결결과가 나왔다.

성욱은 폭력행위에 대한 항소심에서 무죄판결을 받았다.

그로 인한 해임 역시 무효가 되어 다시 학교로 출근하게 되었다.

아울러 공갈협박에 의한 명예훼손도 승소했다.

그들 중 이사장과 교장은 각기 300만 원, 임 교무, 차기 교장 대상자 등도 벌금에 처해졌다.

교육청의 행정공문에 의거해 성욱은 바로 학교에 복귀되었다.

학교는 그야말로 무늬만 학교였으며 수업만 건건이 진행되고 있었다.

교사들은 저마다의 이중적 편 가르기에서 시작된 후부터는

조용한 학살

겉으로만 교육적 동료였지, 서로들의 싸늘한 불신에서 물고 뜯겼던 하이에나 같은 동물의 세계나 다름이 없어 보였다.

그런 상황에서 이사장과 교장을 위시한 한 축이 서서히 무너질 위기에 처한 상태에서도 학교는 말이 없었다.

그럼에도 학교 교정과 교실의 아이들은 공부와 아울러 천진난만하면서도 장난스런 웃음소리는 맑은 가을 운동회에 걸린 만국기처럼 펄럭였다.

이런 것들을 볼 때면, 그 학교가 사람을 죽음으로 몰아넣고, 어떤 인생의 나무를 송두리째 뽑아 버렸을 정도의 악의 유령들이 날뛰던 곳이 맞나 싶을 정도였다.

그것은 아마도 운영하는 사람의 잘못이지 무속에서 말하는 터가 세서 그렇다는 장소의 잘못은 결코 아닐 것이다.

점심시간의 차임벨이 울리고 식당 앞에는 한 치의 망설임도 없이 내달린 끝에 마치 당첨 잘되는 복권방의 길게 늘어선 사람들의 행렬처럼 끝없는 뫼비우스 띠를 만들고 있었다.

식당 안을 관리하는 교사들은 매의 눈이 되어 순서의 차례를 무시하는 힘 센 녀석들의 새치기 등을 예방하고 식사의 질서 유지에 안간힘을 쓰고 있었다.

성욱은 여기저기 식당 안을 둘러보았다.

아이들은 식판의 밥을 먹는 둥 마는 둥하면서 밥을 얼마 먹지도 않은 채 음식을 잔반통에 쏟아붓고 있었다.

아마도 오늘은 그들의 입맛에 맞지 않은 평범한 음식이었나 보다.

그는 아이들이 먹는 식판을 보았다.

어쨌든 일부는 열심히 먹고 있기도 했지만, 많은 아이들이 곶감을 빼먹듯 야무지게도 고기만 먹고는 바로 일어났다.

먹다 남은 음식이 버려진 잔반통은 힘에 부치듯 퉁퉁 부어 있었다.

지구 반대편, 아프리카에서 끼니 때울 먹는 밥이 없어 푹 팬 눈에 미라처럼 앙상한 뼈만 툭 불거져 나온 슬픈 아이들의 생각이 떠올랐다.

성욱은 가슴을 도려내듯 미어지는 안타까움이 몰려왔다.

이런 모습을 보면서 다시는 식당 안을 둘러보지 않아야 되겠다고 수없는 다짐을 하면서도 참새 방앗간 지나가듯 매번 보고는 후회 아닌 후회를 사무치도록 해야 했다. '교육을 시키지 않은 교사들의 잘못일까?'라고 생각도 했다.

하지만 그렇게 교육을 시켰어도 그 옛날 60-70년대의 배고픈 보릿고개를 알 길 없는 풍요로움만 아는 아이들은 외면을 했다.

아니, 이것은 분명 어른들의 잘못이었다. 학교에 정치가 개입을 하면 교육이 망조가 들고, 교육에 진영이 개입을 하면 나라의 망조가 든다는 생생한 목소리가 들리는 듯 했다.

그는 무상급식보다는 아주 적은 돈이라도 반드시 받아야만 내 돈 아까운 생각으로 먹을 만치만 먹고 덜 버리는 습관을 지녀야 된다는 생각을 해 보았다.

물론 생활이 어려운 아이들을 결코 외면해서도 안 된다.

그들은 작은 돈마저도 없어 그 옛날 월사금 때문에 공부하다 말고 집으로 쫓겨 왔던 60-70년대의 전철을 밟게 해서는 절대로 안 될 일이다.

그래서 그들에게는 일종의 장학금처럼 석 달에 한 번 미리 밥값을 주도록 하면 어떨까 하는 혼자만의 생각도 해 보았다.

그는 식당에서의 혼란스러웠던 머리를 식히려고 교정을 걸었다.

어쩌면 다시는 못 걸을 수도 있었던 학교의 구석구석이 새롭게 느껴졌다.

사랑하기 때문에 그리워했고 미워했기 때문에 더 정이 들었는지도 모른다.

30여 년의 세월이 흘렀다.

어쩌면 이별의 시점에서 긴긴날이 지나면 수많은 사연의 애환들은 우리들 기억 저편으로 사라지고 전설 같은 희미한 추억만 남아 있을 것이다.

꽃이 피었다.

비바람 울고 눈도 내렸다.

이제 우리들은 또 어디론가 떠나야 함을 알면서도 쉬이 가지 못해 서성되고 있음을.

이 땅 어느 후미진 곳이나 건물, 나무, 그리고 발밑에 구르는 돌조차 성욱의 숨결이 닿지 않은 곳이 없었다.

언제 이별이 시작될지도 모를지언정 희미한 추억의 잊혀 질 수 없는 사진 하나라도 아름다운 명화처럼 간직하고 싶었다.

원 형사는 교장과 차기 교장, 그리고 임 교무를 체포했다.

하지만 그들은 판사의 구속영장 실질심사에서 증거 불충분 및 도주 우려가 없다는 이유로 기각되어 풀려났다.

비록 죽은 자의 어떤 한이 있을지라도 이승의 산 사람이 밝혀내지 않는 한, 아무리 억울해도 죽은 자는 말이 없었다.

원 형사도 고민에 싸였다.

'조민시는 누군가에 의해 살해된 것일까?

아니면 1차 수사결과 그대로 스스로든, 부주의든 간에 알 수 없는 단순 실족사일까?'

그는 자신이 무엇을 놓치고 있지 않는지를 골똘히 생각했다.

조용한 학살

이 시점에서 조민시의 일기에 의한 정황상으로 보면 충분히 살인의도가 숨어 있다고 유추할 수 있는 대목이 있었다.

또한 조민시가 죽은 그날 공교롭게도 이사장을 제외한 용의자 가능성이 있는 대상 모두가 그 장소에 있었다는 것은 무엇을 말하는 것일까?

그런데 임파 교무는 아직도 그날의 마지막이 기억이 나질 않는 다는 말 이외에는 아무런 진술이 없었다.

교장의 휴대폰에 찍힌 전화는 조민시와 임 교무가 술 마시던 곳에서 조금 떨어진 낡은 공중전화부스에서 걸었던 것이 틀림없었다.

둘 중에 한 명이 전화를 했던 것은 분명해 보였다.

교장과 차기 교장 사이에 전화가 왔었고 둘은 조민시와 임 교무가 술 마시던 장소에 있었지만 누굴 죽이냐며 살인 사실을 부인했다.

한 마디로 사건 정황은 분명하지만 증거가 어디에도 없었다는 것이 가장 큰 문제였다.

원 형사는 살인죄와 살인 공모 및 교사죄로 검찰에 송치를 했지만 담당검사는 증거 미비에 따른 보강을 요청하였다.

원 형사는 다시 방범 CCTV도 없는 사각지대에서 목격자도 없는 그곳에서 담배꽁초 몇 개를 수거해 국과수로 넘겼다.

며칠 후 검사결과가 나왔는데 차기 교장 DNA와 일치했다.

그렇다고 이것을 가지고 살인의 결정적 증거로 채택이 되기는 어림없었다.

한 가지 방법이 있긴 있었다.

그들 중에 누군가가 배신을 해 자수를 하여 살인 공모에 대한 자백을 하면 다행인데 지금의 현 상황으로 볼 때 그런 경우는 없는 듯했다.

모두들 양심이 조금이라도 있다면, 미련이라도 가져 보련만, 아니 그렇게 있었다면 애초에 이런 사달 자체도 일어나지 않았을 것이었다.

원 형사는 담당 검사를 만나 이 사건에 대한 의견을 나누었다.

원 형사는 검사가 보강증거로써 구체적인 것을 요구했으나 지금의 상황에서는 없다고 말해 주었다.

검사는 그런 경우 그들이 어떤 방식으로 각자의 행동을 하고 집으로 갔는지 그 정황을 밝히는 방안이 있기는 한데 매우 복잡하다며 말을 흐렸다.

원종완 형사는 그게 무엇이냐고 재차 물었지만 검사는 더 이상 말을 하지 않았다.

원 형사는 검사의 거듭되는 증거보강 요구에도 불구하고 천신만고 끝에 검찰에 송치를 하였고 재판이 열리게 되었다.

조용한 학살

"피고인 교장과 차기 교장은 누에항 북동쪽 ○○○ 장소에 간 적이 있습니까?"

"네, 있습니다."

"누구로부터 연락을 받았습니까?"

"조민시로부터 연락받았습니다."

"뭐라고 하던가요?"

"임파 교무가 취해서 어쩔 줄을 모르겠다며 빨리 와 달라는 요청이었습니다."

"그럼 조 교사가 왜 하필이면 교장에게 전화해서 부탁을 했다고 생각하세요?"

"그저 믿고 친하니 그런 것 아니겠습니까?"

"제가 경험하고 들은 것은 반대인데, 다른 학교에서도 평교사가 평소에 교장한테 전화해서 부탁을 하고 그럽니까? 아니면 이 학교에서만 있는 특별한 경우입니까?"

교장은 검사의 질문에 대답하지 않았다.

"피고인이 그 장소에 갔을 때 어떤 상황이었습니까?"

"차기 교장 창래 교사와 갔을 때는 임 교무는 인사불성이 되어 앉아 졸고 있었고, 조민시도 술이 술을 먹어 취해 있었습니다."

"그들을 어떻게 했습니까?"

"임파는 부축을 해서 집으로 가도록 했습니다.

조 교사도 부축을 해서 데려오는 과정에 그녀는 알아서 가겠다며 뒤처진 채로 갔습니다."

"그럼 그 후의 조 교사 행방에 대해선 모른다는 이야기입니까?

두 사람이나 와서 술 취한 그들을 도와주려는 의도로 와서 헤어졌으면, 늦게라도 아니면 그다음 날에도 잘 들어갔는지 궁금해서라도 전화를 해 볼 텐데 그러지 않았던 것은 조민시가 어떻게 됐다는 것을 미리 알았기 때문 아닌가요?"

"이의 있습니다. 지금 검사는 결과를 유추해서 범인으로의 행위를 유도하고 있습니다."

"인정합니다, 검사는 질문에 유의하여 주십시오."

"상식적으로 인정할 순 없지만 모두가 서로 친밀한 관계를 유지할 수도 있다고 가정했을 때, 지난 장성욱 사건의 소송에서 모두가 범죄적 한패였습니다.

이때 모두의 범죄공모 비밀의 키 역할을 했던 사람이 조민시였습니다.

그런데 조 교사가 한 마디만 하면 모든 범죄의 비밀이 탄로날 수 있다는 것이 두렵지 않았습니까?"

검사의 질문은 집요했다.

조용한 학살

그것은 그만큼 확실한 물증이 없는 데서 나오는 고육직책의 방법이었다.

이에 반해 피고 측 변호인은 각각의 피고인들이 살인을 하지 않았다는 취지로 질문을 시작했다.

"피고는 설사 그 장소에서 그들을 귀가시키고 죽었는지 살았는지의 안전에 대한 확인을 할 필요가 있습니까?"

"없습니다."

교장은 확고하게 말했다.

"그럼 서로의 공모에 의한 잘못된 일의 도모가 사람을 죽일 만큼의 마음의 압박이 심했습니까?"

"아닙니다."

"그럼 죽은 조 교사를 죽였다는 증거가 있습니까?"

"없습니다."

"이상입니다."

변호인은 증거가 없다는 데 초점을 두고, 살인동기가 없다는 취지로 변론을 했다.

재판 일정이 다음으로 다시 잡혔다.

재판을 검사 자리 뒤에서 지켜보는 원종완 형사는 답답했다. 재판에서 피고인을 각각 심문한 검사도 원 형사와 다름없었다.

문제는 확실한 증거가 없다는 것이었다.

검사는 원 형사가 준 담배꽁초의 DNA 결과를 한동안 뚫어지게 살펴보았다.

그리고 얼마 후 검사는 거미줄처럼 얽혀 있는 여러 경로의 지인들의 도움을 받아서 결국은 국가위성운영센터에 접근할 수 있었다.

다시 조 교사의 살인사건에 대한 공판이 시작되었다.

검사는 세 사람의 피고들을 각기 1명씩 증인대에 세우고는 심문을 했다.

"조 교사를 죽였습니까?"

"아닙니다."

"그럼 물에 빠진 조 교사를 보았습니까?"

"보지 못했습니다."

"다시 한 번 말씀드리지만 위증도 범죄입니다. 조 교사가 물에 빠지는 소리를 들었습니까?"

"들은 적 없습니다."

"조 교사를 마지막으로 본 것이 언제입니까?"

"임파 교무를 부축해 갈 때 옆에서 같이 걸어오다가 뒤처질 때 마지막으로 보았습니다."

"그럼 그때 없어졌네요?"

"아마도 그런 것 같습니다."

"같이 오던 사람이 없어졌으면 찾아야 하는 것이 사람의 도리가 아닙니까?

더구나 정상적인 사람도 아니고, 술이 많이 취해 몸을 못 가눌 정도의 후배 교사라면 더욱더 챙겨야 할 입장에 있는 분들이 아니신가요?"

"죄송합니다."

"죄송하다는 것은 했어야 할 일을 하지 않았다는 것입니다. 그것은 직접 살인을 하진 않았어도 간접 살인에 해당합니다.

아울러 이것은 도와주어야 할 사람을 돕지 않은 착한 사마리아인의 법을 위반한 것입니다."

"이의 있습니다. 검사는 지금 우리 형법에 있지도 않는 사마리아인의 법으로 살인에 대한 유도심문을 하는 등의 피고를 협박하고 있습니다."

"인정합니다. 검사는 유도심문을 삼가 주십시오."

그때 법정 문이 열리더니 같이 근무하던 수사계장이 헐레벌떡 검사 쪽으로 왔다.

그러고는 사진과 파일이 담긴 USB를 주었다.

검사는 스캔하듯 빠르게 살펴보고는 재판장에게 사진을

보여 주었다.

피고인 변호사도 문제의 심각성을 캐치했는지 재판장에게 합의되지 않은 증거는 인정할 수 없다고 주장을 했지만 재판장은 그것을 묵살했다.

"화면을 봐 주시기 바랍니다.

저것은 조 교사를 비롯한 피고인들이 같이 가는 장면입니다."

검사가 지목한 화면에는 누구인지는 분별할 수는 없었지만 앞에 두 사람, 뒤에 두 사람까지 총 네 사람이 걸어가는 장면의 형체가 보였다.

그럼과 동시에 한 사람이 팅겨지듯 밀려서 바다로 떨어지는 모습이 포착되었다.

그러한 모습을 본 방청석에서는 사람들이 술렁거렸다.

"이것은 임파 교무가 추가로 술과 안주를 사 간 후의 시간대, 즉 조 교사의 사고 전후의 그 지역을 돌던 인공위성에서 촬영한 화면입니다.

적어도 이 화면들을 보면 두 사람은 거짓말을 했다는 것을 알 수 있습니다.

이러한 상황 조성을 했다는 부분에서도 임 교무와 이사장이 살인 공모의 가담자란 생각을 지울 수 없습니다.

저 화면에서 조 교사의 어깨를 밀친 사람은 누구입니까?"

조용한 학살

그들은 서로가 자신은 아니라고 했다.

"이의 있습니다. 검사는 지금 어깨를 밀친 사람이 누구인지 실수인지 고의인지도 모르는 상태에서 모두를 살인공모자로 몰아가고 있습니다."

변호인도 불리한 피고인의 대변에 열을 올렸다.

"이의를 기각합니다.

검사는 계속 심문을 이어 가길 바랍니다."

이를 지켜본 성욱은 잠시 눈을 감았다.

조 교사의 사건이 없었으면 그가 그들로부터 당했던 음모와 그 모함들이 영원히 묻혀 버렸을 것이라는 생각에 소름이 돋았다.

"누가 조 교사를 부축해 갔습니까?"

검사의 목소리가 유리창 깨지는 파편처럼 날카로웠다.

"교장 선생님이 했습니다."

"제가 하지 않았습니다."

"다시 한 번 묻습니다. 누굽니까?"

서로 상반되면서도 엇갈린 대답을 했다.

"조 교사의 어깨와 부딪친 사람은 교장이 맞습니다.

그 상황에서 차기교장 창래는 담배를 물고 있었고 그래서 주변의 담배꽁초에서 그의 DNA가 검출되었습니다.

이유는 그가 담배를 피우면서 부축을 했다면 조 교사가 바닷가 쪽에 있었으니까 오른손으로 담배를 피우기는 힘들었을 것이고, 왼쪽 손으로 담배를 피우기가 쉽지 않았을 것입니다.

이사장도 살인 교사죄임을 밝힙니다. 그는 교장과 창래 교사를 임파 교무가 술 마시고 있는 근처에서 태워 준 인물입니다.

임파 교무도 살인 가담자입니다. 그는 술 마신 이후는 기억나지 않는다고 말했지만, 조민시와 술 마실 거라는 것을 미리 알렸습니다.

그렇다면 자신이 직접 살인에 가담하지는 않았지만 사고가 일어날 수 있는 동기를 제공해 준 사람으로서 역시 살인 공모 죄에 해당합니다."

검사가 오늘 그들에게 퍼붓는 질문에는 시퍼런 작두칼날이 춤을 추고 있었다.

선거기일의 재판이 시작되었다.

네 사람 모두 징역형에 처해져 법정구속이 되었다.

법인에는 관선 이사가 파견되었다.

성욱은 현직 교감으로서 교장 직무대행을 맡았다.

교육청에서도 예정된 감사가 아니라 지금의 벌어진 학교

상황에서 특별 감사가 진행되었다.

성욱은 인사차 들른 감사관과 마주 앉았다.

"어려운 여건에서 감사를 하게 되었습니다."

"어쨌든 하셔야 할 일이고 감사관님께서도 자의적으로 나오신 것은 아니지 않습니까?"

"그건 그렇지만 지금 학교가 이리 어수선한 시점에서 어떤 방향에서 감사를 해야 할지 난감합니다.

감사를 하다 보면 항상 문제점을 찾아낼 수밖에 없지만."

그는 말끝을 흐렸다.

성욱은 감사관이 하려던 말을 어느 정도 짐작할 수 있었다.

공립은 기본적으로 5년마다 교사의 이동이 되면서 몰랐던 교육적 요건의 보관해야 할 각종 서류들, 교육에 있어서의 갖추어야 될 근거, 복무규칙 등의 많은 것들을 자연스럽게 알게 된다.

하지만 사립의 경우에는 퇴직 및 사직을 제외하고는 교사들의 이동이 사실상 없기 때문에 유능한 관리자가 없는 다음에야 가르칠 수 있는 사람도, 배울 수 있는 기회도 많지 않아서 잘 모르고 지나는 일들이 있을 여지가 많았다.

"학교의 잘못을 캐겠다는 목적보다는 이 나라 교육 발전을 위한다는 입장에서 감사를 하시면 되겠네요."

성욱은 어렵지 않다는 듯 툭 던졌다.

"그런데 학교의 문제점을 찾다 보면 그 문제점들이 마치 고구마 줄기에 줄줄이 매달려 나오는 고구마들 같아서요."

감사관은 하도 많이 해 봐서 잘 아는 듯했다.

"그렇더라도 어쨌든 세심하게 보시고 잘못이 많더라도 지적을 해 주셔야 앞으로 개선이 있지 않겠습니까?

그래서 우리 선생님들도 학생들의 수업만 잘하는 것이 아니라, 모든 면에서 올바른 교육발전을 이룰 수 있도록 그렇게 애써 주십시오."

"잘 알겠습니다."

평상시의 일반적인 감사는 4일 동안에 오전인사와 결과 발표 준비 및 발표 등으로 실질적으로는 이틀에서 삼 일 정도밖에 되지 않아서 몇 년간의 교육활동을 확인하기엔 한계가 많이 있었다. 하지만 이번의 경우는 날짜를 적시하지 않고 끝날 때까지 많은 날을 소진했다.

그동안 묵혀 왔던 수많은 문제들이 바구니에서 쏟아진 구슬처럼 많았다. 특히 수많은 일을 하면서 어떤 경우에는 5년 이상을 유일한 업체가 수의계약을 하면서 서로들 각종 편의를 제공해 주는 일도 내부고발로 확인되었다. 그 업자는 심지어 이사를 갔는데 이사 도움은 물론 집들이까지 참석했다는 이야기도 들렸다.

'업자가 '갑'의 위치에 있는 자의 집을 방문했다면 빈손으로 그냥 갔을까?'

결국 행정실장이 해임되었다.

성욱은 감사를 지켜보면서 비록 그가 한 일은 아니었지만 그 씁쓸함과 지금까지의 교육에 대한 회의를 품지 않을 수가 없었다.

얼마 후 성욱은 그의 혈육보다 더한 만호의 간곡한 만류도 뿌리치고 명예퇴직을 신청했다.

성욱은 자신이 교장으로 승진할 경우 이만호의 정년과 승진 등을 따져 보고 내린 결론이기도 했다.

만호 선생을 아끼는 애틋함도 명퇴를 결정한 이유 중의 하나이기도 했지만, 성욱은 그에게 말하지 않았다.

아침의 맑은 새소리를 들으며 오랜만에 긴 잠을 잘 수 있었다. 그럼에도 그동안의 못다 한 잠에 대항이라도 하듯 큰 입은 목젖이 보일정도로 하마 같은 긴 하품을 하고 있었다.

아, 늦었다.

그는 허겁지겁 샤워를 하고는 와이셔츠를 입고 넥타이를 들고는 거울 앞에 섰다.

손끝에 매달려 잘 매어지지 않던 넥타이가 거울 속에서의 낯선 풍경에 웃고 있었다.

오늘은 서형선을 만나러 발걸음을 재촉하고 있었다.

밖에서는 철 지난 함박눈이 내리고 있었다.

공정에 대하여…

시애틀 아트페어 미술 작가 서이서(徐杝抒)

'공정'이란 공평하고 올바름을 뜻한다. 즉, 어느 한쪽에 치
우치지 않고 고르며 올바름을 말하는 것이다. 어느 시점부터
우리 사회의 가장 큰 화제가 된 단어가 바로 '공정'이 아닌가
싶다. 누군가의 자녀는 부모의 후광을 바탕으로 자신의 꿈을
이루고 누군가는 자신의 꿈이 실력이 아닌 다른 무언가로 인
해 빼앗긴 줄도 모르고 좌절하고, 스스로 흙수저라 자조하며
자포자기하는 사람들이 있는 반면 누군가는 태어날 때부터
다이아몬드 수저를 물고 나오는 사람들도 있다. "언제부터
세상이 공정했나"라고 되묻는 사람들이 있겠지만 적어도 21
세기 자유민주주의 대한민국은 기회의 공정함과 자유경쟁을
통한 정정당당한 결과를 받아들이는 것이 당연한 사회가 되
기를 바란다면 지나친 욕심일까 자문해 본다.

저자는 학생들에게 가장 모범이 되어야 하며 사회생활의 출발점이 되어야 할 교육 현장에서의 부조리와 편법 그리고 불공정에 대해 화두를 던진다. 흔히 간과할 수 있는 사실이지만 교사도 당연히 노동자이며 보호받을 권리와 부당한 지시에 저항할 수 있는 의무가 있다. 하지만 많은 사람들은 교사는 학생들에 대한 무한한 책임감과 도덕의식을 가진 인격체이기를 원하는 암묵적인 편견을 가지고 있다. 이러한 시선은 결국 자신과 가족의 삶을 희생하면서도 교육 현장에서 무너지는 교권을 지켜 내려는 이름 없는 교사들의 좌절을 불러일으키며 아이러니하게도 열정적인 교사들일수록 번아웃에 시달리며 교육 현장에서 이탈하게 되는 사태를 맞이하는 것이 작금의 현실이다.

여느 직장과 마찬가지로 학교라는 장소도 분명히 역학 관계가 존재하며 학연, 지연 등으로 얽히고설킨 인간관계가 존재한다. 하지만 학교는 사익을 추구하는 곳이 아닌 백년지대계를 세우는 교육의 전당이다. 저자는 본인이 꿈꾸었던 올바른 교사의 모습 그리고 외풍에 흔들리지 않는 공정한 학교 행정에 대해 담담하면서도 때로는 준엄한 법치의 잣대를 기준으로 묘사하고 있다.

국내외 정치, 경제가 불안하고 미래에 대한 불확실성이 점

점 증가하고 있는 요즘, 미래를 이끌어야 할 MZ세대들에게 공정이란 가치는 어쩌면 생존을 위해 기성세대에게 외치는 마지막 비명일 수 있다.

공정한 세상을 꿈꾸는 독자들에게 일독을 권한다.

삶의 올바름

대학생 규민

우리는 어디서부터 공정성을 정의할 수 있을까?

이 책을 읽고 다시금 떠오른 질문이었다.

서울로 올라가 대학에 다니면서 느꼈던 점은, 공정함은 어렵고 불편한 이슈라는 것이다.

누군가는 서울에서 태어나 편하게 학교에 다닐 때, 누군 왕복 4시간 거리를 통학했고, 또 다른 누구는 지원이 없어 고시원에 살았다. 이런 주거 문제뿐 아니라 그 외에도 입학전형, 성별 등의 주제는 항상 공정한 경쟁에 대한 각자의 의견이 넘쳤다.

내 선택은 늘 중립, 회피였지만 그 묻어 둔 선택 덕분에 평등하다는 착각 속에서 살 수 있었다.

하지만, 이 책 속 교직자인 주인공이 어려운 상황 속에서도 문제를 직면하며 결국 해결하고 자신의 신념을 지키는 모습을 보고 스스로의 회피적 태도에 대해 되돌아보게 되었다. 그리고 해결하기 어려운 문제에 직면하는 용기를 가져야 한다고 생각하게 되었다.

책 속에서는 공정을 중요한 메시지로 담고 있다. 하지만 우리 사회를 보는 작가의 시선은 날카로우면서도 삶에 대한 따스함이 느껴졌다. 결국 사람은 사람과 함께 살아가야 한다는 것을 알려 주었다.

완벽한 공정함은 없을지 모른다.

하지만 우리는 늘 포기하지 않고 공정을 쫓아야 한다.

현실에 대한 편안한 회피에서 벗어나 불편한 마주함을 할 수 있는 용기가 있다면 이 책을 꼭 읽어 보길 추천한다.

조용한 학살